L'ÉGLISE EXORCISÉE

La collection NOIR *est vouée à la publication d'ouvrages de littéra-ture fantastique (mystère, suspense, thriller, horreur, policier, espion-nage, science-fiction) d'auteurs québécois. Déjà publiés dans la col-lection* NOIR:

- NOIR: Horreur
    La Porte, Marc Godard
    Hautes-Brumes, Wilshcocqkst
    5150 rue Des Ormes, Patrick Senécal
    La maison des sacrifices, Clément Tremblay
    Les gardiens des ténèbres, Violaine Dompierre
    Le passager, Patrick Senécal
    Rumeurs de morts, Marc Lessard

- NOIR: Mystère
    Le miroir aux assassins, Marc Lessard

- NOIR: Policier
    Le Garett: Le complot, Jab
    Bon voyage M. Le Garett, Jab
    Le Garett, L'affaire Robin, Jab
    Les quais du Bassin Louise, André Gosselin

- NOIR: Thriller
    La sphère, Lou Ananda

La collection L'autre NOIR *est vouée à la publication d'ouvrages de littérature fantastique (mystère, suspense, thriller, horreur, policier, es-pionnage, science-fiction) d'auteurs d'origine autre que québécoise. Déjà publiés dans la collection* L'autre NOIR*:*

- NOIR: Thriller
    La souricière, Philippe Margotin
    Message reçu, Christophe Bourseiller
    Réalités virtuelles, Philippe Pierquin

■ **L'autre NOIR** THRILLER

L'ÉGLISE EXORCISÉE

CÉDRIC DRAVEN

Guy Saint-Jean
ÉDITEUR

© Guy Saint-Jean Éditeur Inc. 1996

Illustration de la page couverture: Charles Vinh
Graphisme: Christiane Séguin
Révision: Hélène Lavery

Dépôt légal 3e trimestre 1996
Bibliothèques nationales du Québec et du Canada
ISBN 2-89455-020-0

DISTRIBUTION ET DIFFUSION

AMÉRIQUE
Diffusion Prologue Inc.
1650, boul. Lionel-Bertrand
Boisbriand (Québec)
Canada J7H 1N7
(514) 434-0306

SUISSE
Transat s.a.
Rte des Jeunes, 4 ter
Case postale 125
1211 Genève 26
Suisse
342.77.40

BELGIQUE
Diffusion Vander s.a.
321 Avenue des Volontaires
B-1150 Bruxelles
Belgique
(2) 762.98.04

FRANCE (Distribution)
Distique S.A.
5, rue de la Taye
B.P. 65
28112 Lucé Cédex
France
37.34.84.84

(Diffusion)
C.E.D. Diffusion
72, Quai des Carrières
94220 Charenton
France
(1) 43.96.46.36

GUY SAINT-JEAN ÉDITEUR INC.
674, Place Publique, bureau 200B
Laval (Québec) Canada H7X 1G1
(514) 689-6402

GUY SAINT-JEAN ÉDITEUR – FRANCE
12, avenue de Corbéra
75012 Paris
(1) 40.01.94.14

Imprimé et relié au Canada

*Aux 21 années qui me
séparent de mon père.*

*Tous mes remerciements
à Cathy pour son attention.*

À Odette, aussi.

À Paul pour ses conseils.

*Et à Laurent, sans qui
l'écrivain d'aujourd'hui
ne saurait être.*

PROLOGUE

Paris, le 7 novembre 1985, minuit.

Il se réveilla brusquement. Quelque chose lui enserrait les mains, la douleur le lui faisait sentir. Il était ligoté. Oui, c'était bien cela, ligoté. Qu'est-ce que ça signifiait?

La chambre était calme, pourtant. Les lumières éteintes, seul un filet de clarté transparaissait sous la porte fermée. L'appartement lui-même ne laissait rien présager des prochaines minutes. L'angoisse commença lentement à s'extraire des recoins de son âme: comment l'avait-on attaché sans l'avoir réveillé et pourquoi l'avait-on ligoté, pour ensuite le laisser seul dans la chambre, sur son lit, couvertures rabattues? Parce qu'il n'était pas la cible véritable?

Ou était-ce plutôt une simple farce? De mauvais goût, certes. Mais pourquoi pas, après tout? Il n'y avait pas d'explication logique à cette situation.

Et puis, soudain, il se rendit compte qu'il pouvait parler, crier, appeler... Rien, visiblement, ne l'en empêchait.

Alors, il comprit. Il rêvait... Tout simplement et tout bonnement. Un rêve étrange et peu agréable duquel il aurait préféré émerger le plus tôt possible. Cette sensation stupéfiante de vivre l'action et d'être capable de l'analyser le mettait mal à l'aise. Il avait déjà entendu parler de ces rêves dans lesquels le dormeur rêvait d'actions folles en même temps qu'il en réalisait le contenu. Comme s'il en était l'acteur et le spectateur tout à la fois. Le trouble s'installa dans son esprit, sans pour autant lui donner plus d'informations.

Un fracas de verres brisés le sortit de sa réflexion.

– Mais qu'est-ce que tu fab... entendit-il.

Un coup de feu retentit, en même temps que le cri de douleur d'un homme et celui d'effroi et de stupeur d'une femme.

Il reconnut les voix. Rêve ou réalité?

Quelque chose d'épouvantable était en train de se produire – vraisemblablement dans le salon – et il ne pouvait rien faire.

Parler, crier, appeler? La peur, maintenant présente, le contraignait au silence. Pourquoi se manifesterait-il? Pour attirer l'attention sur lui? Non, ce n'était vraiment pas la peine. Il n'avait pas envie de savoir ce qui se passait. Il voulait juste se réveiller. Et, s'il s'agissait de la réalité, alors se taire lui permettrait peut-être de s'en tirer.

De nouveau, des bribes de conversation lui parvinrent:

– Tu me fais mal. Qu'est-ce qui t'arrive? Calme-toi. Dis-moi simpl...

La voix féminine fut étouffée, sans doute par un bout de chiffon ou un tissu similaire. Apparemment, la femme connaissait celui ou celle qui avait tiré le coup de feu.

L'homme pleurait doucement, mais ne disait mot.

Il y eut des bruits de déchirement. Sans doute le visiteur importun qui arrachait des tissus, des chiffons ou des vêtements.

Il entendit un cri inhumain – d'homme, cette fois – étouffé comme l'avait été la voix de la femme. Un cri de douleur éternelle. Puis, plus rien durant quelques secondes.

Divers bruits de fracas, de chaises tombées le firent sursauter. Enfin, un silence prolongé de plusieurs minutes envahit l'atmosphère.

Il tremblait. Il essaya de se retourner pour faire face à la porte fermée. Mais, sur son lit trop étroit, il ne réussirait pas à bouger sans risquer de tomber sur le sol, attirant ainsi la curiosité de l'intrus. Ce qu'il ne souhaitait à aucun prix.

Son cœur battait vite et trop fort. Il aurait désiré que ce dernier s'arrête. Les minutes s'étiraient inlassablement. Qu'allait-il se produire? Était-ce fini? De toute évidence, ce n'était pas une blague. Et un rêve encore moins... la peur l'aurait déjà réveillé. Mais qu'est-ce qui motivait cet intrus? Le cambriolage, le meurtre? Il n'y avait eu qu'un seul coup de feu... laissant deux victimes dans le salon. Ils vivaient à quatre, dans l'appartement. Où était donc son frère?

❀ ❀ ❀

La porte de la chambre s'ouvrit brusquement. Quelqu'un venait vers lui. Les couvertures furent retirées avec force et violence et un foulard vint s'abattre sur ses yeux. Son t-shirt fut arraché. Il ne portait ni caleçon, ni pyjama. L'individu badigeonna son corps d'une substance visqueuse et poisseuse: le dos d'abord, les jambes ensuite. L'agresseur le mit enfin sur le dos, pour finir de l'enduire sur les bras et le torse. Il avait peur, très peur. Il ne reconnaissait pas l'odeur de la substance. Il ne comprenait pas pourquoi cela lui arrivait, à lui.

Une voix d'homme, déformée par le port d'un masque ou d'un mouchoir, l'apostropha:

— N'aie crainte, mon amour, ce n'est que du sang. Frais, tout frais... Celui de la putain et de la bite qui la fourvoyait. Et puis un peu du mien, aussi. Mais le mien est mieux: il y a un petit truc qui court dedans. C'est fantastique, tu verras. Tu ne le sens pas, ne le vois pas, ne t'en aperçois pas. Pourtant, il est là. Bien là, oui! Et, bientôt, nous serons deux à le posséder.

«Sperme idéal, danse anale. Sperme idéal, danse anale...»

Pourquoi répétait-il inlassablement ces quatre mots?

Il devina une lame de rasoir lui trancher lentement le pourtour du sein gauche. Le sang perla, se mêlant à celui dont il était recouvert.

Sang. Mêlé. Sperme Idéal Danse Anale. SIDA! Il lui transmettait le sida en mêlant son sang au sien.

Il sentit l'homme le retourner et le couper à de multiples endroits dans le dos. Il discerna son poignet, sans doute ouvert, sur ses plaies béantes. Ils étaient maintenant des frères de sang. L'AUTRE lui trancha une petite section de la gorge et but son sang. Il le remit sur le dos et l'embrassa à pleine bouche. Le goût du sang vint envahir ses sens.

Il pleurait. De douleur et d'effroi. L'AUTRE lui donnait sa maladie. L'AUTRE lui souleva les jambes, à la manière d'un nourrisson qu'on lange. Il perçut qu'il ajoutait du sang sur son anus, méticuleusement, tandis qu'un doigt s'introduisait avec beaucoup de précaution dans celui-ci. À l'aide de sa deuxième main, l'AUTRE commença à lui caresser le sexe. Et, finalement, l'AUTRE le pénétra. Nonchalamment, presque avec douceur et attention. Il aurait voulu hurler sa souffrance, exprimer son désarroi et sa détresse. La honte d'être bafoué de la sorte sans pouvoir réagir... À la douleur des nombreuses meurtrissures de son corps coupé venait s'ajouter celle du viol. Et celle, psychologique, de cette horrible situation. Ravalant un cri de bête abîmée, il plongea son esprit au plus profond de son être, tentant désespérément d'atteindre les limbes.

Le temps n'en finissait plus de s'allonger tandis que le va-et-vient de l'AUTRE continuait, que la douleur et la peur empiraient. L'AUTRE finit par jouir en lui, délivrant SON sperme dans son organisme. Il se retira et partit.

Il était seul à présent, il le savait. L'AUTRE était parti. Définitivement. Il restait là, meurtri, sans vouloir bouger ni parler. Il ferma les yeux et ne désira plus rien ressentir de ce corps endolori qui, désormais, ne pouvait plus être le sien.

❊ ❊ ❊

Il perçut l'odeur des flammes. L'AUTRE avait ainsi laissé un dernier souvenir, un dernier message.

Il s'en moquait éperdument. Mourir était son unique désir. Les flammes le purifieraient. Il n'avait plus qu'à attendre. Comme on laisse un rêve venir, puis s'effacer. Le reste n'avait plus d'importance. Plus aucune.

Première partie

LAMES ET FEUILLETS

– 1 –

– Salut, Dar!

– Bonjour, Loretta. Comment vas-tu aujourd'hui?

– Super! Mon p'tit mari est un amour. J'ai été follement gâtée...

Elle appuya sa phrase d'un sourire plein de sous-entendus. Loretta était une femme forte, afro-américaine, pleine de vitalité et d'énergie. Toujours prête à rendre un service, toujours le sourire aux lèvres. Darwin l'adorait. Elle était prévenante et invariablement aux petits soins pour lui. Elle savait qu'il n'avait plus sa mère, et pour elle, il était un grand gamin.

– Tu sais, mon poussin à la crème, la semaine risque d'être calme. Halloween terminée, les sorcières et les vampires s'en sont retournés!

– Ouais! Pour une fois que je ne suis pas de garde le week-end d'Halloween. Je vais pouvoir en profiter cette année. À moi les semaines de routine! Et, mieux, je ne travaille pas à Noël non plus.

– Sacré petit chanceux, va! Cela fait trente ans que je travaille ici et on ne m'épargne rien, moi.

– Hé! ce n'est que la première année où ça m'arrive. Pour une fois, je vais pouvoir être tranquille en famille.

– Tes adorables petites créatures se sont déguisées, ce week-end?

– Tu penses bien qu'ils n'auraient raté ça pour rien au monde... Lorian était déguisé en vampire moderne, à la *Lestat*, et, Aloïs, en affreuse goule, tout droit sortie d'*Evil Dead*.

– Charmant! J'aurais tout de même voulu voir ça.

– Ne t'inquiète pas, Loretta. J'te ramènerai les photos.

– T'as intérêt, sinon je te dévore tout cru.

Darwin partit d'un grand rire, tout en embrassant tendrement Loretta sur la joue. Il quitta le comptoir d'accueil du poste de police et emprunta les escaliers. Arrivé au deuxième étage, il entra dans son bureau rapidement: le téléphone sonnait déjà.

– Allô?

– Mon poussin à la crème?

– Oui, Loretta. Qu'est-ce qu'il y a?

– Tu te notes quelque part qu'il faut m'apporter les photos.

– O.K.! O.K.! je le note.

Darwin prit un morceau de papier encore vierge, sur lequel il griffonna quelques inscriptions.

– Bisous, trésor.

Loretta raccrocha avant qu'il n'ait pu répondre. Son bureau était un véritable bazar. Mais, ici, c'était son territoire. Dana n'était pas là pour lui faire la morale. En pensant à sa femme, il regarda la photo qu'il pouvait encore entr'apercevoir. Dana était belle. Réellement. Il était fier de son épouse et peut-être davantage de ses deux fils. Deux joyaux. Lorian était un petit bonhomme très brillant, doué. Perspicace, décidé, il paraissait déjà sage du haut de ses six ans. Aloïs, lui, c'était la petite tornade... Du muscle, du nerf, il lui fallait de l'action. Il avait deux ans de moins que Lorian. Darwin les adorait. Ils étaient toute sa raison de vivre. Et ils étaient très fiers d'avoir un père qui travaillait au S.D.P.D.[1]. «Inspecteur Aloïs, avait coutume de dire Lorian, que pensez-vous du sergent Darwin Kern?» «À vrai dire, rétorquait l'enfant

---

1. S.D.P.D.: *San Diego Police Department*, Service de police métropolitain de San Diego.

de son air le plus sérieux, beaucoup de bien, inspecteur Lorian. Peut-être pourrait-on lui confier l'enquête...»

Darwin souriait. Sa petite famille...

– Salut, le môme!

– Salut, Pat! Comment ça va?

Dar s'alluma une cigarette.

– Bof! comme après une Halloween! Et puis le chef de la division passe dans les bureaux dans deux heures.

– Quoi? Mais, on ne m'a rien dit... s'étonna Dar.

– Et pour cause! Personne n'était au courant. Inspection surprise, avec tout le gratin.

– Oh! merde! Il va falloir que je range mon bordel...

– Ton merdier, devrais-tu dire. Y en a partout. C'est de pire en pire...

– Sujet tabou!

– Très bien! «Grille d'égout» sera bien sûr présent.

– Eh bien! je sens que ça va être ma fête.

Pat sortit du bureau pour se diriger vers le sien où Colby, son berger allemand, l'attendait sagement.

❈ ❈ ❈

Ehrwin regardait le soleil à travers les vitraux de son église. Il ne se lassait pas de voir combien un simple rayon pouvait donner une dimension et une atmosphère quasi surnaturelles à ce lieu saint dans lequel il officiait depuis quelques années déjà. L'église de l'Immaculée Conception, située dans la vieille ville de San Diego, était le point culminant de sa carrière ecclésiastique. Pourtant, Ehrwin voulait atteindre les plus hauts sommets de l'Église; pourquoi pas la fonction papale? Serait-il cardinal au Vatican que déjà, il aurait atteint le but qu'il s'était fixé. Il savait que, pour cela, il lui faudrait faire ses preuves et travailler dur. Mais il n'avait pas peur. Travailler et se dévouer à la cause des autres étaient ses seules préoccupations. Le reste était secondaire, même s'il adorait rendre visite à son frère, à la femme et aux deux enfants de celui-ci. En effet, il entretenait des relations toutes particulières avec son frère jumeau.

Ehrwin avait toujours été doué. Un élève que l'on surveillait de très près dans le monde ecclésiastique, car l'on savait qu'il était promis à un brillant avenir. Ehrwin avait commencé ses études dans un monastère à l'âge de 15 ans. À cette époque, il parlait déjà couramment l'anglais et le français. Étaient très vite venus s'ajouter l'italien, l'espagnol et l'allemand. Quelques années d'études supplémentaires lui avaient permis de maîtriser le latin, le grec, le russe et le polonais. Il excellait dans tout ce qu'il faisait. Ce qui troublait le plus ses professeurs, c'était l'aisance avec laquelle il apprenait les langues et, surtout, ce côté si réservé qui le rendait humble, discret et sérieux pour son très jeune âge.

Après ses brillantes études en France et aux États-Unis, il fut ordonné prêtre à l'âge de 22 ans. Fait extrêmement rare qui prouvait combien Ehrwin était doué. Il décida immédiatement de se rendre à Rome pour parfaire ses études religieuses. Il mena alors de front deux thèses. La première, concernant la spiritualité de Jean XXII – né Jacques Duèse et pape de 1316 à 1334 – accusé d'hérésie par les Franciscains à la suite de ses idées théocratiques. Ce pape vit l'empereur Louis IV de Bavière faire élire un antipape – Nicolas V, qui était soutenu par le peuple romain – mécontent de voir Jean XXII demeurer à Avignon. La deuxième, sur un sujet plus personnel: le sens invisible de la gémellité.

Ehrwin découvrit tous les rouages du Vatican. Son italien irréprochable lui permit des contacts et des rencontres inespérés. Il devint le protégé du cardinal Lorenzo-Lukas de Florencis, un appui inestimable qui pourrait bien le conduire à la pourpre cardinalice dans les années à venir. On murmurait déjà qu'il pourrait devenir le nouvel évêque de San Diego. Celui en place devant quitter son diocèse d'ici peu, il serait possible qu'il lui succède. Il deviendrait donc le plus jeune évêque du monde. De plus, on l'avait grandement apprécié à Rome. Le soutien précieux du cardinal de Florencis et la fin prochaine de ses thèses le mettaient grand favori dans la course. Néanmoins, Ehrwin n'était pas pressé. Il désirait simplement prouver sa valeur au monde. À 25 ans, l'avenir lui était grand ouvert et il ne voulait rien brusquer. Pourtant, la vie n'avait pas été tendre avec son frère et lui. Leur père était mort en 1975, alors qu'ils avaient à peine cinq ans et leur mère était décédée dix années plus tard. Le choc émotionnel le poussa à entrer en religion. Aujourd'hui, lorsqu'il y songeait, il ne le regrettait vraiment pas. C'était bel et bien sa destinée, il le savait maintenant.

— Ehrwin?

— Oui, Luke?

— Nous venons de recevoir un coup de téléphone de monseigneur de Florencis qui vient nous rendre visite. Il arrive demain matin, à 6 h. Il vous attendra à l'aéroport.

— Merci, Luke.

Il finit de contempler le rai de lumière qui transperçait le vitrail. Son ami Lorenzo-Lukas venait à San Diego prendre de ses nouvelles. Un peu de baume au cœur ne faisait pas de mal. Il sourit, puis retourna à ses occupations.

✲ ✲ ✲

6 novembre 1995, 21 h.

Dar rentrait chez lui. Retrouver Dana le soir était sa fontaine de jouvence. Il sourit à cette pensée. Lui aussi était le bain de jouvence de Dana. Pourtant, elle avait cinq années de plus que lui. Lui n'était qu'un môme. Le même du S.D.P.D. C'était comme ça que tout le monde l'appelait. Cela faisait pourtant sept ans qu'il travaillait là! Et sa jeune carrière avait été ponctuée, trois années auparavant, d'une brillante enquête pour laquelle il avait récolté tous les honneurs qu'un jeune flic était en droit d'attendre. Il n'avait pas à se plaindre. Il était entouré d'une bonne équipe, unie, qu'il affectionnait vraiment. La seule tache d'encre sur le tableau était leur supérieur, le commandant Gabriel Dickenson, communément appelé «Grille d'égout». Non que ce fût un mauvais flic, mais il éprouvait de l'aversion pour Darwin. À cause de cette fameuse enquête, trois ans auparavant. Il avait été ivre de jalousie de voir ce jeune flic s'investir autant, triompher et arrêter un tueur en série particulièrement intelligent. De voir Darwin et son équipe réussir et d'assister à l'échec de ses petits protégés à lui. Depuis, il le détestait. Et Darwin savait que le moindre faux pas coûterait cher. «Grille d'égout» ne lui ferait pas de cadeau. Pour sûr! Il lui fallait être vigilant et ne rien laisser au hasard.

Il gara la voiture devant la maison. Il voyait sa femme à la fenêtre de la cuisine. Sa petite femme, celle qui l'avait sorti de sa torpeur, dix années plus tôt.

— Bonsoir, mon amour.

Elle ne dit rien, mais l'embrassa tendrement.

— Tu as juste le temps de prendre une douche et le repas sera servi.

— Bien, madame. Je m'exécute immédiatement.

Il monta les marches quatre à quatre en même temps qu'il se déshabillait. Il entassa les affaires sales dans le placard prévu à cet effet et, avant d'aller sous la douche, déposa de tendres baisers sur le front de ses fils, couchés et endormis.

Rafraîchi, propre et vêtu d'un t-shirt et d'un caleçon, il redescendit pour trouver une petite table dressée, deux assiettes fumantes et une odeur délicieuse.

— Inspection surprise, ce matin!

– «Grille d'égout» a fait des problèmes?

– Évidemment, tu penses bien... C'est la guerre des nerfs. Il espère me faire craquer, mais je tiendrai, c'est promis. Pas d'esclandre, ni de pointe sarcastique, juste des «Oui, monsieur. Bien, monsieur», et rien d'autre. Tu sais, tant qu'il n'y a pas d'enquête sérieuse, il ne peut pas franchement me mettre de bâtons dans les roues. Le problème se posera si un autre Gemini[2] devait faire surface et que je sois chargé de l'enquête.

– Tu penses toujours à Gemini, n'est-ce pas?

– Il ne hante plus mes rêves, mais je ne peux pas l'effacer de ma mémoire. On peut éviter de penser à certains événements, de là à les oublier purement et simplement...

– Je sais, mon amour. Je sais. Et la vie ne t'a pas épargné...

– Elle m'a grandement réconforté et récompensé lorsque mon chemin a croisé le tien. Je n'ai pas à me plaindre, aujourd'hui.

– Allez, finis-moi ça rapidement et je te laisse une demi-heure de répit. Après quoi, je t'attendrai pour un énorme câlin.

Darwin aida Dana à débarrasser la table, puis s'installa devant le poste de télévision.

– Dar! Je t'attends...

À l'appel de sa femme, il éteignit le poste et alla la rejoindre à l'étage. Elle était allongée, nue sur leur lit. Il se déshabilla sans la quitter des yeux. La regarder, lui faire l'amour étaient une découverte sans cesse renouvelée. Il s'allongea sur elle en la couvrant de baisers, tandis que son sexe commençait à prouver son excitation.

Elle lui caressait le dos. Dar était un très bel homme. Châtain clair, les yeux verts, un mètre quatre-vingt-treize et soixante-dix-huit kilos de muscles, il avait le

_____

2. Gemini signifie Gémeaux en anglais.

corps d'un sportif émérite, ce qu'il était, d'ailleurs. Elle cherchait ses lèvres, qu'elle embrassa à pleine bouche, tandis qu'il ne cessait de la caresser. Son odeur, sa douceur étaient enivrantes. Son corps imberbe révélait sa puissance en même temps que sa fragilité.

Dar la pénétra doucement, avec délicatesse et précaution. Une lenteur extrême, dans ses gestes, renforçait son acte. Les sensations décuplées suppléaient l'exaltation absolue pour laquelle ils s'abandonnaient. Quand, ensuite, il témoigna de plus de vigueur, elle le sentit en lui comme une osmose subliminale.

Il accéléra un peu son mouvement. Il voulait lui donner le maximum de plaisir, comme elle lui en procurait.

Ils finirent par atteindre l'orgasme ensemble, haletants, entre plaisir et épuisement. Il se retira, tandis qu'il continuait de l'embrasser. Il posa sa tête sur son ventre et respira profondément. Elle lui caressait les cheveux.

– Je t'aime, mon amour.

– Moi aussi. Mais... tu aurais pu faire mieux!

– Quoi?

Dar fit mine de mordre à pleines dents le ventre de Dana. Elle hurla, tout en riant aux éclats.

✷ ✷ ✷

Ehrwin quitta le déambulatoire pour se diriger vers sa chambre. Il croisa de nouveau Luke, le jeune aumônier qui préparait la messe du lendemain. Ehrwin le salua.

– Vous allez vous coucher, mon père?

– Oui, Luke. Vous souhaitiez discuter?

– Oui, j'aurais aimé avoir des conseils.

Ehrwin lui dispensa quelques paroles d'encouragement et lui prodigua certaines recommandations. Luke venait tout juste d'être nommé prêtre. Il avait vingt-six ans. À peine plus âgé qu'Ehrwin, il témoignait toutefois d'un grand respect à son égard. Rien d'étonnant, Ehrwin avait plus d'expériences, plus d'études, aussi, à son actif. Et puis, il était le vicaire général de l'Immaculée Conception. En d'autres mots, l'adjoint de l'évêque de ce diocèse... donc de grandes responsabilités!

Petit homme presque chauve et souriant, portant de petites lunettes rondes cerclées d'une monture bleutée, Luke était toujours prêt à aider, à apprendre. Plein de bonne volonté, Ehrwin appréciait sa compagnie. Toutefois, Ehrwin ne voulait pas se coucher à une heure tardive, ce soir. Il lui expliqua donc qu'il préférait remettre cette discussion à plus tard, lui souhaita une bonne nuit et se retira dans sa chambre.

* * *

Il finit les dernières lignes du chapitre et posa enfin Son livre. Il ne pouvait se détacher de cette lecture passionnante. Le Messie de la Nuit[3] était tout simplement envoûtant. Il le recommanderait à Son «condisciple». Visiblement, l'auteur en connaissait long sur le sujet de l'âme et de la décorporation. Cela Lui rappelait un peu le chemin qu'Il avait suivi Lui-même, dans Sa jeunesse, lorsqu'Il avait découvert que la maîtrise de l'âme dévoilait des dons fort appréciables.

Il se déshabilla et observa Son corps devant le miroir, tandis qu'Il faisait couler l'eau brûlante de son bain. Il aimait Son corps, Il l'appréciait. Ce n'était pas l'extase la plus totale, mais Son apparence Lui convenait. Grand, musclé et imberbe, Il avait de quoi séduire et Il le savait.

Ce soir était une soirée à Lui. Tranquille et solitaire. Il se glissa dans l'eau et se reposa un long moment avant de se laver. Il était détendu et serein. C'était toujours très utile dans ces périodes préparatoires.

---

3. *Le Messie de la Nuit* est un roman à paraître de l'auteur.

Habillé et parfumé, Il se concentra un court instant. Il se rendit dans un restaurant bon marché, commanda abondamment et dévora ce «vrai» repas, ce qu'Il n'avait pas eu depuis longtemps. C'était Sa première sortie depuis... Il ne savait même plus. Mais Il la savourait! Il regarda sa montre. Il avait le temps de se faire une toile. Il voulait voir quelque chose qui bougeait. Un film d'action. Après, Il rentrerait sagement. Il ne fallait pas éveiller les soupçons...

❊ ❊ ❊

La maison semblait fort spacieuse, élégante et aérée. Un soleil radieux resplendissait; c'était le bel été dans la villa italienne. Un homme aux cheveux roux, bouclés, vêtu d'un pantalon blanc et d'une chemisette à carreaux se tenait aux côtés de sa fille, âgée de quatre ou cinq ans tout au plus, qui jouait avec une balle. Elle était rousse et bouclée elle aussi, le sourire éclatant en plus. Elle riait franchement, de ce rire frais dont seuls les enfants ont le secret. Son père lui racontait beaucoup d'histoires, ce qui, visiblement, lui plaisait énormément.

Je me suis rapproché d'eux et j'ai commencé à parler avec le père de l'enfant. Charmant, je me suis mêlé à leur conversation comme si j'avais toujours été là et que nous nous connaissions depuis des années. La petite était adorable et son père ne cessait de me faire rire. À mon tour, d'humeur joyeuse, je me mis à raconter des histoires drôles et à taquiner l'enfant. Nous riions haut et fort. J'étais toutefois étonné d'une chose. L'enfant n'appelait jamais son père autrement que par ce mot:«tote». J'en ignorais totalement la raison, mais nous étions tellement occupés à rire que je ne pensai pas à le leur demander.

Finalement, l'heure de m'en aller approcha. Le père de la petite m'informa qu'il devait partir aussi. Nous avions alors franchi le pas de la porte et étions même bien avancés dans la rue, lorsque je me retournai pour regarder derrière moi.

L'enfant était là, souriante. Elle me cria: «Tote, tote, tote». Il ne faisait aucun doute dans mon esprit qu'elle disait cela en parlant de son père, pourtant je ne comprenais pas la raison ni le sens réel de ses mots.

Lorsque enfin je me décidai à reprendre mon chemin, son père avait disparu, sans doute loin devant.

Je suis alors entré dans une église, m'y sentant attiré. En fait, je compris plus tard que l'attirance ressentie était due à une personne et non à la bâtisse elle-même. Il y avait un jeune homme, simplement vêtu d'un slip, qui se tenait dans le coin. Sans pouvoir expliquer pourquoi, je me suis surpris à m'agenouiller devant lui et à coller mon oreille droite contre son ventre. Il était imberbe, sculptural. Que faisait-il dans cet accoutrement dans une église? C'était tellement irréel! Et moi, devant lui...

J'ai, alors, lentement baissé son slip, pour dévoiler son sexe à mon regard avide. Il était superbe. Je relevai doucement la tête, désirant discerner son visage qui était resté tout ce temps dans la pénombre.

Ehrwin se réveilla en sursaut. Il s'assit dans son lit, tout en se prenant le visage dans les mains. De nouveau ces rêves érotiques...

Il se leva pour se rafraîchir le visage et la nuque; il en avait besoin. Il regarda l'heure: 2 h 20.

Ne pouvant se rendormir, il s'habilla et alla faire un tour. Il voulait s'aérer l'esprit.

* * *

— Tiens, regarde ce que je t'apporte.
— Tu es un A-MOUR!

Dar tendait à Loretta une pochette de photos. Elle l'ouvrit rapidement et contempla les petits trésors.

— Ils sont ignobles, mais tellement adorables! Il faudra que tu penses à me les amener, un de ces jours.

— Dana propose que vous passiez dîner un soir, à la maison.

— Pas de problème, mon canard. Quand vous voulez...

— Écoute, tu vois ça avec Dana; c'est elle la chef.

— O.K.! poussin.

— Bon, il est 13 h, mais la journée ne fait que commencer.

— Tu finis tard, ce soir?

— On peut dire ça, oui! Je suis de garde toute la nuit!

— Bon courage, mon canard.

— Merci, beauté blonde!

❈ ❈ ❈

— Alors, Ehrwin, où en sommes-nous avec ces thèses?

— Je viens de finir la théologique. Il me faut la relire, bien sûr, et apporter quelques modifications, sans doute, mais c'est en phase finale.

— Et la deuxième?

— Elle me demandera probablement un peu plus de temps. Je voulais, avant tout, terminer la principale. Elle demeure l'achèvement de ma formation religieuse. La seconde reste un travail supplémentaire, pour... le plaisir, dirons-nous!

— Ta conception du plaisir, mon cher Ehrwin, me fera toujours autant sourire. Mais je ne peux que te féliciter...

— Pourquoi êtes-vous venu à San Diego, monseigneur?

— Pour te voir.

— Et?

— Et te demander quand tu comptais défendre ta thèse, afin de fixer la date de ta soutenance.

— Mais pourquoi donc vous déplacer?

— Parce que je tenais à te le dire de vive voix. Ta soutenance aura lieu à Rome, dans sa plus prestigieuse demeure.

— Au Vatican?

— Oui, mon cher ami, au Vatican! Je ferai partie du jury et quelqu'un que je connais bien, aussi.

— Je le connais?

— Oui, en quelque sorte. Il t'apprécie beaucoup, même si tu ne t'en es jamais rendu compte, l'ayant peu vu. C'est l'évêque de Rome, notre souverain pontife lui-même, qui sera le président du jury!

Ehrwin resta sans voix.

— Nous allons boire un thé, Ehrwin? Eh bien! remets-toi, mon garçon!

❊ ❊ ❊

— Sergent Kern?

— Allô! Oui?

— Un appel pour vous.

— Pour moi?

Dar regarda sa montre: minuit quinze.

— Oui, pour vous, sergent.

— Vous savez qui c'est?

— Non. Il n'a pas voulu me donner son nom.

— Bon. Eh bien! passez-le moi.

Il attendit quelques secondes.

— Sergent Kern. J'écoute...

— Je t'ai laissé ton cadeau, mon trésor.

Le sang de Dar se figea. Il ne put rien répondre, rien demander. Le mystérieux interlocuteur avait déjà raccroché. Il réfléchit quelques secondes. Fallait-il prendre au sérieux ce qu'il venait d'entendre ou valait-il mieux laisser tomber? Ce n'était peut-être qu'une simple farce ou un mauvais rêve! Mais il était bel et bien éveillé et n'avait pas rêvé la conversation. La nuit était calme. Il pouvait se permettre d'aller vérifier s'il s'agissait d'un simple canular. De plus, personne ne connaissait le contenu du message téléphonique qu'il venait d'entendre. Il avait toujours été tenu secret.

Il prit sa veste et descendit.

— Dis-moi, Gary, tu viens bien de me communiquer un appel?

— Ouais, Dar... Tu ne te serais pas mis à boire, des fois?

— Non, non, je t'assure. Je vais faire un p'tit tour. Une heure, le temps de vérifier un truc.

— C'est sérieux?

— Non, j'crois pas. Je préfère quand même aller y jeter un coup d'œil.

— O.K.!

Darwin prit sa Corvette noire et emprunta un chemin qu'il n'avait pas fait depuis des années. Il ne pouvait croire à autre chose qu'une farce de mauvais goût. Cependant, son sang n'avait pas repris sa course normale. Il était en attente, comme s'il avait besoin de voir de ses propres yeux que la chaufferie était impeccable. Après quoi, son sang pourrait parcourir ses veines sans entrave. Il arriva enfin à destination. Dar pensait que si meurtre il y avait, il avait eu lieu ici, pour fêter le retour du meurtrier. Il sortit de sa voiture et se dirigea vers l'entrée presque au pas de course. La porte s'ouvrit sans trop de difficulté. Il commença alors la longue descente des nombreuses marches qui menaient dans les sous-sols. Il faillit souvent perdre l'équilibre, à vouloir les descendre trop vite, mais se rattrapa de justesse à chaque fois. Il avait peur. C'était pourtant tellement ridicule d'avoir peur, d'être là! Oui, mais c'était le «tellement» qui faisait toute la différence...

Il était arrivé tout en bas. Il fallait se lancer dans le dédale de couloirs, plus sinueux et tortueux les uns que les autres. Il courait maintenant, il ne pouvait contrôler ses jambes. Les odeurs, les sensations étaient toutes les mêmes, présentes comme autrefois. Il voulait crier, appeler, exorciser sa peur, mais sa gorge était serrée. Il ne pensait qu'à une chose: atteindre au plus vite la salle.

Un couloir. Un virage. Un tournant. Il y était presque. L'odeur... Il s'arrêta. Il savait son intuition exacte. Il y avait une odeur de sang frais, sans doute répandu en abondance.

Il prit une profonde inspiration et avança lentement. Plus qu'un coude et il déboucherait dans l'antre. Il le franchit presque au ralenti, comme s'il n'avait pas besoin des images; l'odeur lui suffisait et il connaissait déjà l'effrayant spectacle qui l'attendait.

Là, il vit.

Du sang sur les murs. Au sol, un immense pentacle tracé avec du sang. Des centaines de petites bougies reprenaient le tracé. Au centre du pentacle, le corps d'un jeune homme nu, d'environ quinze ou seize ans, les bras en croix. Il avança pour vérifier ce qui faisait la marque et la signature du tueur: les yeux avaient été délogés de leur cavité. Le rictus de l'adolescent était horrible, mais combien révélateur! Le tueur avait arraché les yeux de sa victime alors que celle-ci était encore vivante et consciente.

Il se tourna vers le mur droit qu'il n'avait pas encore regardé. Il porta la main à la bouche pour éviter de vomir tant l'odeur qui l'assaillait était insupportable.

Sur le mur était signé en lettres de sang «GEMINI».

Les points sur les «i» n'avaient pas été tracés. À leur place, les yeux avaient été collés avec précision et ils étaient rivés sur Dar.

Cette mise en scène et ce nouveau cadavre prouvaient à Dar que ce «cadeau» avait bien été laissé à son intention. Il ne pouvait y croire... Une larme perla le long de sa joue. Une douzième victime, trois ans plus tard. Quelque chose, pourtant, n'était pas clair: Gemini ne pouvait pas être sorti de prison. C'était impossible, il avait été condamné à perpétuité. Et, s'il s'était évadé, Dar aurait été le premier flic au monde à avoir été prévenu.

Il regagna le plus rapidement possible sa voiture et fit intervenir une équipe. Il était sur cette affaire, il allait s'en occuper au plus vite.

Il n'attendit pas que ses collègues arrivent sur le lieu du crime, mais prit l'autoroute en direction de Los Angeles. Il était 1 h 45. Il devait compter environ deux heures de route pour atteindre Los Angeles et une heure supplémentaire pour rejoindre le L.A.P.D.[4] De là, il irait à la prison où était incarcéré Gemini. Il y serait vers 6 h, 6 h 30.

❖ ❖ ❖

— Gemini est bien là?

— Quelle question! Évidemment qu'il est là. Toujours aussi taré, d'ailleurs. Il ne cesse de nous proclamer, depuis un mois, que sa douzième victime sera tuée ces jours-ci!

— Et il n'a pas tort!

— Quoi?

— Non, rien... Je voudrais juste le voir.

— O.K.! je vous emmène.

Dar, tout en cheminant, se plongea dans ses pensées. Gemini était toujours en prison. Pourtant, il savait qu'une victime serait tuée sous son nom. Avait-il commandité le meurtre? Pourquoi? Son unique plaisir était de tuer lui-même ses victimes, jamais il n'aurait donné cette satisfaction à un autre. Alors, faire exécuter un jeune homme... encore moins. Le plaisir de l'écorcher lui-même était une jouissance trop profonde, trop intense pour être partagée.

---

4. L.A.P.D.: *Los Angeles Police Department*, Service de police de Los Angeles.

— Voilà sergent, nous y sommes.

— Merci.

Dar prit une chaise et s'installa face à la cellule de Gemini. Il sortit son paquet de *Marlboro* et s'alluma une cigarette.

— Tu as trouvé ton cadeau, mon trésor, et tu viens me remercier? C'est bien cela, n'est-ce pas?

— Arrête tes conneries, Gemini. Je viens te parler sérieusement.

— Tu doutes de mon sérieux? Tu as bien trouvé ton cadeau, non?

— Oui, je l'ai trouvé. Mais je ne crois pas que cela soit toi qui l'aies tué.

— Ah?

— Non. Vois-tu, je pense plutôt que tu as réussi à convaincre un dégénéré de tuer pour toi.

Gemini laissa échapper un cri d'effroi.

— Tuer pour moi? T'es pas fou, non? Tuer pour moi... Et que fais-tu de mon plaisir dans tout cela? Pfuit! Envolé! Non... je croyais que tu me connaissais mieux que cela, mon petit Dar. Tu me déçois. Non, vraiment. J'en suis... attristé.

Gemini n'avait cessé de jouer. À la vierge effarouchée que l'on avait blessée par un trop franc parler ou, peut-être, à qui on venait d'apprendre la mort de son promis. Dar connaissait trop bien le personnage, cela ne prenait plus. Pourtant, il était persuadé qu'il avait raison. C'était d'ailleurs la première chose à laquelle il avait pensé. Gemini ne laisserait jamais quelqu'un d'autre faire le travail à sa place. Jamais. Sous aucun prétexte.

— Ce que j'aime le plus, c'est sucer leur sexe alors que leurs yeux sont accrochés au mur et me regardent à l'œuvre. Celui-là avait quelque chose de nouveau pour moi, mon petit Dar. Je n'avais jamais tué d'éphèbe auparavant. Ses jeunes cris étaient adorables. Il me suppliait si tendrement: il aurait fait n'importe quoi pour moi. Mais il ne pouvait comprendre... J'avais besoin de lui pour parachever ce cycle auquel tu avais mis un terme, mon chéri.

Gemini marqua une pose. Il soupira d'une voix rauque qui ressemblait étrangement aux râles de ses victimes. Dar l'observait. Il tira une dernière bouffée et écrasa sa cigarette. Il pressentait que, pour connaître la vérité, il lui faudrait s'impliquer davantage. Refaire un travail de concentration qui le confondrait avec l'esprit de Gemini. Qui lui permettrait de lire en lui, de savoir ce qu'il pense, ses moindres faits et gestes. À cette idée, il se leva et sortit précipitamment.

— Tu me quittes, m'amour? J'ai tant à te dire...

Dar était déjà loin. Il s'engagea dans la rue et marcha un long moment. Il avait besoin de faire le point. S'investir davantage allait l'affaiblir, il le savait, mais il n'avait pas le choix. S'il voulait résoudre cette affaire, il le fallait. Ce qui l'ennuyait le plus était que le jeu semblait faussé. Il connaissait trop bien l'assassin; Gemini était un médium. Et partager l'intimité, les pensées, les tenants et les aboutissants d'un médium-meurtier risquait de le conduire, une nouvelle fois, aux abords de la schizophrénie. Il avait failli perdre la raison, trois années auparavant. Pourtant, il était persuadé, aujourd'hui, que Gemini mentait. Il ne pouvait avoir tué, lui-même, sa douzième victime.

Il décida de faire le vide dans son esprit et de boire un petit café serré. Il s'installa dans un bar où il serait tranquille et commanda sa boisson chaude.

Il le but doucement, effaçant toutes les données de son cerveau. Il souhaitait simplement reposer son esprit, le laisser errer à sa guise dans des méandres indistincts.

Dana. Il pensa à Dana. Il fallait la prévenir, pour qu'elle ne s'inquiète pas.

— Allô! s'enquit une petite voix.

— Aloïs? C'est papa. Tu vas bien, mon amour?

– Oui. T'es où?

– Au travail, mon bébé. Tu peux me passer maman?

– D'accord.

L'enfant prévint sa mère.

– Allô! Dar?

– Oui, chérie.

– Il y a un problème?

– Si on veut, oui. J'suis à Los Angeles.

– Los Angeles? Mais pourquoi?

– Gemini m'a fait un nouveau cadeau.

– Gemini? Il... il est sorti? réussit-elle à articuler.

– Non. Pourtant, toutes les composantes de la «méthode Gemini» ont été de nouveau réunies. Il prétend avoir exécuté cette nouvelle victime lui-même.

Il n'eut pas de réponse. Dana était soucieuse, elle connaissait le sens et le propos de son appel.

– Un jeune de quinze, seize ans, environ. Même décor, même appel... Gemini est toujours en prison à L.A.; c'est pour ça que je suis là. Je voulais le voir de mes propres yeux, tu comprends?

– Je comprends. Que t'a-t-il dit?

– Qu'il était le tueur. Qu'il ne laisserait personne tuer à sa place.

– Il ment, n'est-ce pas?

– Je ne sais plus, Dana. Je ne sais pas. J'ai peur... Je pourrais en avoir le cœur net, mais il faut, pour cela, que je m'investisse, que je refasse le même chemin, le même travail de concentration... de dédoublement de personnalité. Et si Gemini n'est pas le tueur – ce qui est sûr à 99 % – je risque de m'affaiblir inutilement. Tu sais combien il en coûte de «devenir» un autre. De penser et d'agir comme lui le ferait. Devenir ce qu'il est, pour comprendre son fonctionnement interne.

Dar soupira.

– Je ne sais pas quoi faire, Dana.

– Peut-être pourrais-tu rentrer, te reposer un peu et

réfléchir avant de faire quoi que ce soit. Tu ne crois pas?

— Je ne sais pas. Je pense que je vais rester un peu à L.A. Je dois savoir s'il ment.

— Tu me promets d'être prudent? Nous sommes avec toi, dans ton cœur et dans ton âme, mon amour.

— Merci, Dana. J'avais besoin d'entendre ta voix. Je t'aime. Embrasse les enfants, veux-tu?

Il n'attendit pas la réponse et raccrocha.

Il passa la journée dans les rues de Los Angeles à observer les visages, les humeurs et les gens. Il n'était plus fatigué, les nerfs le maintenaient éveillé.

Vers 19 h, il s'orienta vers la prison, pour une nouvelle confrontation avec Gemini. Il était décidé. Il jouerait, puisque c'était nécessaire, pour «redevenir» Gemini lui-même; une sorte de double de son esprit. Afin de ne pas entrer dans son jeu, mais de se jouer de lui et de le déjouer comme il l'avait déjà fait. Quel qu'en était le prix, il fallait le faire.

✳ ✳ ✳

Ehrwin venait de servir une tasse de thé au cardinal. Il aimait beaucoup sa compagnie. Le cardinal Lorenzo-Lukas de Florencis était un homme d'une culture sans pareille, simple et élégant, toujours très juste et droit. Ehrwin ne pouvait déceler de défaut chez cet être presque exceptionnel. Il avait fait sa connaissance tout à fait par hasard et depuis, ils étaient restés amis. Ou, plutôt, Ehrwin avait trouvé dans cet homme de soixante ans le confident qu'il n'avait jamais eu auparavant. Il se sentait libre en sa compagnie, malgré tout le respect dû à son âge et à son rang dans l'Église. Ehrwin l'aimait comme un père. Ce père qu'il n'avait pu connaître. Ce père, toujours à l'écoute, qui le conseillait et lui offrait son point de vue sur l'ensemble de leur discussion, ou sur tout sujet délicat. Le cardinal était très ouvert et

Ehrwin en avait été agréablement surpris. C'est pourquoi, le plus naturellement du monde, Ehrwin en était venu à se confier à lui et à avouer l'inavouable qui sommeillait en lui. Depuis dix ans maintenant, chaque début de novembre était une période noire qui faisait resurgir des rêves et des sensations qu'il ne comprenait ni ne maîtrisait.

Ils en avaient déjà parlé ensemble et Ehrwin savait qu'une nouvelle fois, il lui faudrait aborder le sujet avec le cardinal durant son séjour à San Diego. Néanmoins, en parler restait quelque chose de douloureux. Comme si ces rêves masquaient d'autres vérités plus profondément enfouies, quelque part entre le subconscient et l'inconscient.

— Tu es tracassé, n'est-ce pas, Ehrwin?

— Non, monseigneur. Je pensais seulement à ma thèse et à sa soutenance.

Le vieil homme ne rétorqua pas, mais il était conscient qu'Ehrwin ne lui disait pas la vérité. Peu importait! Il attendrait patiemment le moment qu'Ehrwin choisirait pour s'ouvrir.

❀ ❀ ❀

Dar était assis face à lui, silencieux. Il était concentré. Gemini l'observait sans prononcer un mot. C'était amusant de voir ce jeune policier tenter de percer le nouveau secret dans lequel il était impliqué malgré lui. Il fallait faire attention, Darwin était fichtrement intelligent. Il l'avait, à sa grande surprise, coincé avant l'achèvement de son cycle de meurtres; ce qu'il croyait impossible. Gemini devait se rendre à l'évidence: Darwin n'était pas un simple flic. Ses méthodes de recherche reposaient sur une sensibilité que d'autres n'avaient pas. Ce sixième sens qu'ont les frères jumeaux, entre eux – totalement indécelable pour l'œil non averti. Et cette technique de concentration qui lui permettait de quitter son enveloppe charnelle pour «devenir» un autre dans son propre corps – sentir les pensées, les sentiments de l'autre. Il croyait être le seul capable d'une telle prouesse. Il s'était trompé. Le petit Darwin l'avait fait pour le pincer. Et, à l'instant présent, Dar tentait de «devenir» Gemini. Ce dernier se concentra à son tour. Il sentit son âme s'extraire lentement de son corps. Il devait savoir ce que mijotait Darwin. Il voulut s'introduire dans les méandres de son esprit, mais quelque chose l'en empêchait. Darwin avait dû apprendre à maîtriser son don, Gemini ne pouvait pénétrer en lui.

Il ouvrit les yeux et vit le jeune flic toujours concentré.

– Eh bien! mon canard, on en a fait du chemin depuis la dernière fois!

Darwin demeura silencieux.

– Te fatigue pas, trésor. Tu pourras pas venir en moi. Y a mégaprotection, mon coco. Pas de danger que tu franchisses les portes, sont complètement fermées. Perds pas ton temps, te dis-je.

– Qui essaies-tu de convaincre? lui demanda Dar. Je sais ce que je suis capable de faire ou de ne pas faire. Mais, toi, le sais-tu ou l'imagines-tu simplement? Il y a trois ans, tu m'as sous-estimé et, aujourd'hui, je ne suis plus le même. J'ai beaucoup appris...

– J'en doute pas, trésor. J'en doute pas. Pourtant, c'est moi, maintenant, qui suis en position de force, dois-je te le rappeler? Tu te souviens? Je suis en prison, enfermé injustement derrière ces barreaux et il m'a fallu inventer tout un stratagème pour aller tuer tranquillement. Qui j'essaie de convaincre? Personne, mon trésor, personne. C'est toi qui est emmerdé, dans cette histoire. Tu as devant toi un prisonnier taré et un meurtre sur les bras, que tu sais avoir été exécuté par moi et par personne d'autre. Celui qui essaie de convaincre, dans cette histoire, c'est toi, pour tenter de rendre rationnel ce qui ne l'est pas. Tu ne veux pas croire que c'est moi qui ai tué cet enfant. Tu veux des précisions sur lui? Je peux tout te dire: il est magnifique. Le plus beau que j'ai jamais tué. Blond, un mètre quatre-vingt-quatre, fin, élancé et imberbe. Il avait quinze ans et s'appellait Benjamin Turner. Né le 25 août 1980.

Il habitait 352, Beech Street. Il découvrait une sexualité naissante. Il a plané comme jamais, je te l'dis. Et ses yeux, mon trésor! Magnifiques! De superbes yeux en amande, d'un bleu clair outrancier, presque transparents. Oui, transparents...

Gemini semblait être en transe. Darwin frissonna. Il savait que Gemini disait la stricte vérité. Il pouvait se lever et aller vérifier: toutes les informations seraient exactes.

— Je suis allé manger un morceau *Chez Odette* vers 16 h 30, continua Gemini. J'avais faim. Tu sais, ici, ce n'est pas rose tous les jours. J'avais envie de me détendre un peu, avant. Et puis, j'ai flâné. Je suis allé au *Blue Door Bookstore* acheter quelques livres: je manquais de provisions. Ensuite, je suis allé chasser au *No. One Fifth Avenue* et c'est là que j'ai découvert ma petite merveille. Il était là, seul dans un coin, presque apeuré, ne sachant que faire ou que dire. J'ai senti alors que c'était à moi de l'aider et de le tirer de cette terrible impasse dans laquelle il était. Nous sommes allés là où tu sais et je lui ai fait découvrir les joies de l'amour. Il était plutôt dégourdi, le bougre. Rien ne laissait présager un tel entrain. En fait, c'était galvanisant!

Et puis après...

— Épargne-moi les détails, veux-tu?

— T'es vraiment pas drôle, mon trésor. Pas moyen de s'amuser un peu avec toi.

— Puisque tu me dis avoir été dans tous ces endroits, il ne me reste qu'à vérifier, non?

— Bien sûr, beauté. Va vérifier et reviens me voir. Non, ne reviens pas. C'est moi qui passerai te voir.

— Dans mes rêves, peut-être ?

— Pour commencer, oui. Après, eh bien... Tu sais, je ne te l'ai jamais dit, mais tu me fais bander.

— Alors, continue de penser à moi, Gemini. Ça te permettra de survivre avec un idéal pour compagnon, dans ta cellule.

— Je n'ai plus besoin de survivre. Je peux aller et venir, désormais. Je peux tuer à ma guise, sans être soupçonné. Et, toi, tu passeras rapidement pour fou aux yeux des autres. Quant à tes propres yeux, je ne tarderai pas, lors d'une prochaine sortie, à venir voir leur couleur de près.

Gemini partit d'un long rire. Il alla se coucher et se tut. Darwin l'observa encore un moment, en silence. Il savait que Gemini disait vrai sur certains points. Il était conscient, aussi, que Gemini pensait sincèrement être sorti de cellule, puis être rentré après le meurtre. Dar ne croyait pas en ce genre de pouvoir. L'esprit, domaine étrange et plein de ressources, accordait mille et une facultés. Mais le corps, lui, demeurait un obstacle. Les polymorphes ou métamorphes ne pouvaient être que des inventions de jeux de rôles ou de dessins animés. Ils n'avaient rien de réel. Gemini n'avait pas quitté sa cellule, Darwin en était certain. De retour à San Diego, il irait sur les lieux dont Gemini avait parlé.

Il se leva enfin, alluma une cigarette et, avant de quitter les lieux, demanda :

— Gemini a reçu un colis de nouveaux livres ?

— Non, pourquoi ?

— Je ne sais pas, il semblait avoir des nouveautés. Des livres neufs, en tout cas, qu'il n'avait visiblement pas lus encore.

— Non, je ne crois pas.

— Vous pourrez vérifier, s'il vous plaît ? Vous me faites

parvenir l'information au S.D.P.D.

– Bien, sergent.

Le sergent Darwin Kern prit sa voiture et regagna San Diego. Quelque chose d'indéfinissable l'inquiétait. Il se concentra. Ce n'était qu'une enquête et rien d'autre. Il fallait être vigilant, certes, mais sans plus. Gemini, virtuose, personnage intelligent et machiavélique, avait concocté durant ses trois années de prison une supercherie saisissante de réalisme qui paraissait étrange à divers égards. Il ne fallait pas qu'il se laisse piéger, sinon Gemini gagnerait à coup sûr.

– 2 –

– Papa! Viens voir!

– Papa! Viens!

Les enfants appelaient leur père parce qu'ils voulaient jouer. Darwin le sentit à leur intonation.

– Oui! Oui! j'arrive, leur cria-t-il en enfilant une immense peau d'ours. Il avait rabattu la tête sur son visage: on ne discernait plus une once de peau humaine. Darwin-ours pénétra dans la chambre en poussant un effroyable grognement. Lorian et Aloïs répondirent par deux cris d'effroi, amusés et surpris de voir leur père accoutré de la sorte. Aloïs courut se cacher sous son lit, tandis que Lorian tentait de découvrir rapidement un objet à portée de sa main, pour tuer la bête qui venait de rentrer sur leur territoire avec, comme signe de reconnaissance, un cri de guerre. Darwin-ours se précipita vers le lit où le plus jeune de ses fils s'était caché. À force de cris et de gestes, il grimpa sur le lit et tenta d'apeurer davantage l'enfant.

– Le premier que je trouve, je le mange tout cru!

– T'inquiète pas Aloïs, je le tuerai avant même qu'il ne t'ait trouvé, ajouta Lorian à l'intention de son jeune frère, pour le protéger.

Lorian bondit en avant, une sarbacane dans les mains faisant office de bâton. Il frappa avec celle-ci en s'aidant de ses poings, pour tenter de faire tomber son père. Aloïs, rassuré de voir son frère arriver à sa rescousse, sortit de sa cachette et vint le rejoindre dans l'effort. Darwin-ours se débattait tant bien que mal – plutôt mal, d'ailleurs, car la tâche n'était pas aisée — lorsque surgit Ehrwin de nulle part.

— Viens, tonton. Y faut tuer l'ours qui veut me manger.

Ehrwin, paré de sa soutane et d'un sabre-laser, s'avança vers l'animal, sur lequel Lorian continuait de taper.

— Écarte-toi mon enfant, la Force est avec moi.

Ehrwin abattit sa garde sur la tête de Darwin-ours qui s'écroula de tout son poids sur le lit, avant de choir sur le sol, anéanti.

— Hip! Hip! Hip! Hourra! La bête est morte!

— Ah, non! Faut pas tuer mon papa.

Aloïs se dirigea au pas de course vers son père, étendu par terre. Il lui retira la peau d'ours et déposa sur son visage des dizaines de petits baisers. Darwin explosa de rire:

— Je vais finir asphyxié, si tu continues...

Ehrwin prit l'enfant dans ses bras et Lorian aida son père à se relever.

— À table, les hommes, appela Dana de la salle à manger.

— Allez, ouste! On va se laver les mains, enchaîna leur père.

* * *

Les enfants étaient couchés. Il devait être 23 h. Darwin, Dana et Ehrwin étaient tranquillement assis dans le salon. Café et cognac étaient de rigueur. Dana n'avait pas posé de question. Darwin était rentré tard, la nuit précédente et il était déjà reparti, ce matin, avant qu'elle se réveille. Elle attendait qu'il en parle. Elle savait, de toute façon, qu'il en discuterait avec Ehrwin. Parce qu'ils se confiaient tout, l'un à l'autre. Elle aimait cette tendre complicité qui existait entre eux. Elle trouvait cela fascinant. Parfois, ils n'avaient besoin de ne rien dire. Tout s'échangeait dans leur âme, à travers un simple regard. Ils étaient tellement sensibles, fragiles et beaux en même temps. Ehrwin était un puits de savoir on ne peut plus modeste, ne l'avouant jamais. Dana, professeur d'archéologie, n'avait enseigné qu'une année. Elle avait été confrontée, lors de recherches qu'elle avait menées, à de véritables «cerveaux». Des génies, des savants totalement incroyables. Ehrwin était l'un d'eux, elle en était consciente. Cela faisait partie des choses qu'elle pouvait sentir. Après tout, les jumeaux n'étaient pas les seuls à «percevoir».

— Nouvelle affaire? demanda Ehrwin à son frère.

— Si on veut, oui. Nouvelle, parce qu'elle débute, mais elle regorge d'événements passés.

— Quelque chose qui ressemble à Gemini?

— Non Ehrwin, pas «quelque chose qui y ressemble»...

— Tu veux dire que Gemini vient de tuer sa douzième victime?

— Exact, mon très cher frère! Décidément, on ne peut rien vous cacher, ajouta-t-il en prenant le ton d'un professeur universitaire émérite, vouvoyant son élève.

Il continua, en parlant de son frère:

— Cet enfant est extraordinaire!

Darwin avait appuyé sa phrase d'un clin d'œil adressé à sa femme, qui pouffa. Elle était heureuse de voir que Darwin n'avait pas perdu son sens de l'humour. Elle avait peur de ce qui pouvait arriver. Darwin était complètement absorbé par cette affaire, elle le sentait bien. Elle savait aussi qu'elle était l'équilibre dont il avait besoin. La fragilité de Darwin s'estompait toujours dans les bras de Dana. Il fallait qu'elle soit, elle aussi, à la hauteur.

— Gemini prétend avoir tué cet adolescent.

— Adolescent? interrogea Ehrwin, étonné.

— Il avait quinze ans.

— Ce n'est pas dans les habitudes de Gemini, ça. Il aimait plutôt les jeunes hommes de vingt-cinq, trente ans, non?

— Oui. De toute façon, je suis certain qu'il ne l'a pas tué. Il est vrai que toutes les composantes de la «méthode Gemini» ont été réunies, même celles restées secrètes. Il est vrai aussi qu'il pense — qu'il croit serait plus juste — avoir tué l'adolescent lui-même. Il est persuadé d'avoir fait le travail tranquillement et d'avoir ensuite réintégré sa cellule, comme si de rien n'était. Le rapport d'autopsie préliminaire est très convaincant. Le tueur connaît parfaitement la méthode Gemini et l'a appliquée à la lettre.

— Pourquoi retourner en cellule, s'il avait recouvré sa liberté? demanda Dana.

— Parce qu'il pense ainsi se mettre à l'abri de tous soupçons, n'est-ce pas, Dar?

— Eh! c'est lui la tête, hein! dit-il en souriant à Dana. T'as tout compris, p'tit frère, comme toujours...

❊ ❊ ❊

Darwin prit sa voiture. Il passa d'abord au 1401, Broadway, adresse du S.D.P.D. Il laissa quelques consignes à Loretta: il voulait le rapport d'autopsie complet en deux exemplaires sur son bureau, à peine serait-il rédigé. Il la prévint qu'il allait vérifier deux ou trois petites choses dans le quartier gay. Il se dirigea donc vers le 3614, Fifth Avenue et se rendit *Chez Odette*.

— Bonjour, je me présente: sergent Kern. Je conduis une petite enquête et j'aurais aimé savoir qui était de service vers 16 h, 16 h 30, le 7 novembre dernier?

— C'était moi sergent, lança un garçon de salle. En quoi puis-je vous être utile?

Un jeune serveur de vingt-deux, vingt-trois ans s'était avancé. Il semblait intimidé par Dar, mais visiblement pas insensible à ses charmes.

— Vous vous appelez comment?

— Richard Davis, sergent. Mais tout le monde m'appelle Dick.

— Ça vous dérange, si on s'assoit à une table quelques minutes? J'aurais certaines questions à vous poser.

— Si je peux vous aider, sergent, ça sera avec plaisir.

— Très bien, Dick. Je peux vous appeler Dick, n'est-ce pas?

— Bien sûr, sergent.

— Dick, vous rappelez-vous votre clientèle du 7 novembre avec précision?

— Vous voulez rire, sergent?

— Je ne parle pas de la clientèle de toute la journée; simplement de celle présente vers 16 h, 16 h 30.

— C'est justement l'heure à laquelle la troupe de théâtre qui répète à côté vient prendre une collation. On est incapable d'avancer un pied devant l'autre à cette heure-là.

— Avez-vous remarqué quelqu'un en particulier?

— Eh! même si je le voulais, je ne pourrais pas. Ils gardent tous leur costume. Des hommes déguisés en femmes, avec des masques et des plumes... Vous savez, il y a un peu de tout et je ne vois pas les visages. Parfois ils viennent à quarante, parfois à trente. Je ne les connais pas tous, encore. C'est une nouvelle troupe.

— Très bien, je vois. Personne n'est venu seul pour se restaurer? Un homme assez grand, blond et mince.

— Comme vous, alors?

— Oui, mais plus vieux. Un homme dans la quarantaine.

— Ah oui! beaucoup plus vieux, alors...

— Oui, c'est ça, répondit Dar en souriant. Vous ne l'auriez pas vu, par hasard?

— Non. Je suis certain qu'il n'y avait pas d'homme seul. C'est le genre de choses que je remarque tout de suite...

Il appuya sa phrase d'un large sourire et d'un délicat battement de cils. Dar avait, cette fois, envie de rire des tentatives de séduction du jeune serveur, mais il se retint. Il ne voulait se mettre personne à dos. Dick pourrait toujours être utile, à un moment ou à un autre.

— Merci beaucoup, Dick. Je reviendrai sans doute vous voir.

— Quand vous voudrez, sergent. Tout le plaisir sera pour moi.

Darwin sortit, un peu déçu. Gemini avait dit être allé dans trois lieux. Trois endroits où on aurait pu le reconnaître. En exhibant une photo de lui aux gens, Dar aurait la preuve que Gemini n'était jamais sorti de sa cellule. C'était peu concluant, ici, mais peu importait. À la librairie, il aurait la preuve qu'il attendait. Le *Blue Door Bookstore* était un peu plus loin sur l'avenue, au 3823.

— Bonjour, je suis le sergent Kern. Je voulais savoir qui tenait la caisse, le 7 novembre dans l'après-midi, s'il vous plaît.

— C'était Harold Turner, sergent.

— Puis-je le voir?

— Oh non! sergent. Vous n'êtes pas au courant? Benjamin Turner vient d'être...

— Assassiné. Oui, je sais. Harold est parent du jeune Ben?

— Oui, sergent. C'est son oncle et la seule famille du jeune Ben. Harold a élevé son neveu, après la mort tragique des parents du p'tit.

Darwin sortit précipitamment de la librairie, récupéra sa voiture et fonça à l'adresse de Harold Turner. L'histoire était peut-être plus compliquée qu'il n'avait bien voulu le croire. Les éléments s'imbriquaient les uns aux autres, de manière peu classique. C'était confus et alambiqué. Il arriva devant l'immeuble. Il y avait un attroupement devant celui-ci et les pompiers débarquaient, sirènes hurlantes. Il se précipita au centre de la

foule. Un corps gisait sur le sol. Un homme d'une quarantaine d'années, environ. Sans doute un suicidé.

Darwin s'adressa à une femme d'une cinquantaine
d'années, plutôt bien en chair, au sourire figé. Les cheveux un peu gras et pas très bien habillée, elle lui dit s'appeler Helen Pulaski.

— Vous connaissez la victime?

— Il s'appelle Harold Turner, sergent.

Dar resta tétanisé.

— Vous en êtes certaine?

— Bien sûr, sergent. C'est mon voisin. Un homme si
charmant... Il a pas dû supporter la mort du p'tit. Pourtant c'était pas dans sa nature de s'suicider. Mais, vous
savez, c'est pas naturel de voir son fils mourir avant soi.

— Vous dites son fils? Je croyais qu'il s'agissait de son
neveu.

— C'est vrai, mais Harold l'avait élevé depuis l'âge de
trois ans, après la mort des parents de Ben dans un accident de voiture. Alors, pour lui, c'était comme son fils.
D'ailleurs, Ben l'appelait papa. Harold a été très choqué
en apprenant la terrible version des faits. Sa mort l'a
beaucoup perturbé. C'est dommage... ils étaient si gentils tous les deux.

Dar regagna sa voiture. Pompiers et policiers avaient
pris la relève. D'instinct, il savait qu'Harold Turner ne
venait pas de se donner la mort. Quelqu'un l'avait «suicidé». Quelqu'un qui ne voulait pas que Dar puisse l'interroger. Parce qu'Harold avait vu le visage de l'assassin.
De celui qui était venu acheter les livres, le 7 novembre
dernier, pour Gemini. Quelqu'un qui n'était pas Gemini,
mais qui voulait qu'on le pense. Quelqu'un qui était de
mèche avec lui. Forcément. Quelqu'un, enfin, qui n'était
pas loin. Qui l'avait même peut-être suivi depuis deux
jours et qui était venu tuer Harold pour qu'il ne parle
pas. Qui était quelque part en faction, en train de l'observer en ce moment même...

Dar avança à grands pas dans le laboratoire. Il évita de regarder les divers organes conservés dans des bocaux de solution chimique. Il entra dans le bloc opératoire, où il savait pouvoir trouver le médecin légiste, Terence Razor. Sur la table, le corps du jeune Ben – ou, plutôt ce qu'il en restait – reposait sur le dos. La boîte crânienne avait été découpée à la scie Gigli et Terry, en grand sémiologue, avait lu dans les viscères ainsi exposés au grand jour le passé de ce jeune corps inerte et ensanglanté.

– Bonjour, Terry.

– Salut, Dar. C'est le jeune Ben qui t'amène?

– J'ai lu le rapport préliminaire, je voulais savoir ce que tu pouvais me dire de plus.

– Tous les indices menant à Gemini sont au rendez-vous. Plus un.

– Ah? Quelque chose d'intéressant?

– Si on veut, oui. Ton tueur a violé le jeune homme. Son sperme, s'il nous a appris qu'il avait le même groupe sanguin, nous a aussi révélé que ton assassin est malade.

– Malade?

– Il est atteint du sida.

– Tu en es sûr?

– Et comment! Il n'y a pas l'ombre d'un doute.

– Gemini n'est donc pas le tueur. Maintenant, j'ai une preuve formelle. Je m'en doutais... Il fallait bien qu'il ait oublié un détail!

– Tu t'emballes peut-être trop vite...

– Tu crois que Gemini aurait pu contracter la maladie en prison?

– C'est une possibilité. À moins qu'il ait parlé à un autre tueur qui a masqué son crime en tuerie «à la Gemini»...

– Oui, c'est à peu près certain. Ne reste plus qu'à

trouver qui Gemini a réussi à convaincre de tuer pour lui.

— Et pourquoi Gemini aurait-il fait ça?

— J'ai déjà ma petite idée là-dessus. Merci Terry!

— Le rapport sera prêt d'ici une heure, environ.

Le *No. One Fifth Avenue* n'ouvrait pas avant 21 h. De toute façon, le tueur avait, sans aucun doute, pris les précautions nécessaires afin de ne pas y être remarqué. Dar préférait retourner voir Gemini à Los Angeles. Il y serait vers 15 h.

* * *

— Ehrwin?

— Oui, monseigneur?

— Je vais passer deux jours à Los Angeles. Je dois voir différentes personnes. Je repartirai directement pour Rome, de là-bas.

— Très bien. Nous nous reverrons bientôt. Je viendrai vous rejoindre le mois prochain. Quand prenez-vous l'avion pour Los Angeles?

— Demain matin, à 11 h 30.

— Je vous emmènerai moi-même à l'aéroport.

— Mais, j'y compte bien!

Le cardinal fit une pause, avant de reprendre:

— Je te trouve songeur, Ehrwin. Tout va bien?

— Oui, ne vous inquiétez pas, monseigneur. C'est mon frère... il est sur une nouvelle enquête. Elle sera difficile et dangereuse. Dar est très préoccupé, très absorbé. Vous savez ce que c'est, les jumeaux. Quand l'un n'est pas bien, l'autre le ressent. On n'y peut rien, c'est ainsi.

— Il n'y a pas autre chose?

— Non. Peut-être l'anxiété des thèses, mais rien d'autre. Seulement un stress «naturel»!

— Bon! eh bien! si tu le dis...

— Je vous assure, monseigneur. Ne vous faites pas de soucis pour moi. C'est gentil, mais il n'y a vraiment aucune raison. Vraiment.

— Bon, je n'insiste pas.

— Pourtant, vous n'y croyez pas.

— Je te connais depuis longtemps, Ehrwin et je le devine lorsque tu n'es pas bien. Si tu ne veux pas en parler, eh bien! tant pis! Mais ne me demande pas de changer d'avis pour autant.

— Vous êtes incorrigible!

— Peut-être, oui. C'est ce qui a fait mon succès...

Le vieil homme sourit, tandis qu'Ehrwin riait de bon cœur.

— Vous voyez, vous me faites rire...

❊ ❊ ❊

— Vous avez vérifié, pour les livres de Gemini?

— Ce sont bien des nouveaux, sergent. Mais il n'a pas reçu de courrier, ces derniers jours. Par contre, je pense que le fait qu'il ait eu de la visite, puisse vous intéresser.

— De la visite?

— Oui, celle d'un prêtre.

— Quand? Vous étiez là?

— Non, c'est David qui était de garde chaque fois que le prêtre est venu.

— Où est David?

— Il est en congé, aujourd'hui. Je peux essayer de le joindre au téléphone, si vous voulez.

— Oui, s'il vous plaît. Appelez-le immédiatement.

Le policier composa le numéro et passa le combiné à Darwin.

— Bonjour, Darwin Kern à l'appareil. Je voudrais savoir si Gemini a eu de la visite, dernièrement.

— Oui, sergent. Pas mal, ces derniers temps. Toujours le même homme, un prêtre.

— Vous pourriez me le décrire?

— Blond, un mètre quatre-vingt-dix, les yeux bleus, plutôt bien de sa personne.

— Un peu comme moi?

— Je ne vous connais pas, sergent.

— C'est moi qui ai fait arrêter Gemini, il y a trois ans. Vous n'avez pas vu ma photo?

— J'étais à l'étranger à l'époque, sergent. J'ai intégré les forces policières il y a six mois, seulement. Désolé.

— Peu importe. Est-ce que le prêtre est venu le voir le 8?

— Oui, dans l'après-midi, vers 17 h, je crois.

— Merci. Vous connaissez le nom du prêtre?

— Non.

— Êtes-vous sûr qu'il s'agit bien d'un prêtre?

— Il était habillé tout comme, sergent.

— Ouais... ça ne prouve pas grand-chose. Merci, David.

— Je reste à votre disposition, sergent.

Darwin raccrocha et se dirigea vers le sous-sol où Gemini était retenu prisonnier. Arrivé devant la cellule, il s'assit sur une chaise. Gemini était allongé sur son lit, en train de lire l'une de ses nouvelles acquisitions.

— Eh bien! j'ai cru que tu n'arriverais jamais, trésor.

— Me voilà, beauté! ironisa Dar.

— Ah! des mots gentils... Pourtant, je n'ai pas été très sage. Je t'ai suivi dans tes recherches. Bien sûr, j'ai réalisé que tu allais interroger ce cher Harold. Alors je suis allé le voir avant que tu n'arrives. L'idiot s'est mis à la terrasse. Je n'ai rien fait, juste un petit déhanchement. Je l'ai déséquilibré sans le vouloir, et hop! le grand saut, l'extase et «splash» les éclaboussures. Enfin, l'attroupement et le petit trésor qui arrive sur les lieux...

— Tu peux jouer tant que tu veux Gemini, je ne te crois pas.

— Quoi? Aurais-je mal discerné? Je ne me suis pas

trompé dans ce que je viens de te raconter, au moins?

— Si tu l'as vu, tu devrais le savoir.

— Je le sais, trésor, je le sais. Et je remarque, sur ta petite frimousse, que tu es tout retourné...

— Tu te trompes, Gemini. Une fois de plus, tu te trompes à mon sujet. Je ne suis pas retourné, mais plutôt étonné de voir que ta technique de télépathie est au point. N'oublie pas que j'ai un jumeau. Je connais cette faculté de lire dans l'esprit d'un autre. Je n'ai pas besoin d'y croire ou de ne pas y croire, comme certaines gens. Je le vis tous les jours de ma vie. Et j'ai développé ce sens très aigu avec mon frère. Tu le sais, non? Alors j'ai compris que tu avais trouvé quelqu'un qui avait développé le même don. Quelqu'un qui est venu te rendre visite avant le meurtre, après, aussi, pour t'apporter les livres. Mais tu as commis une grossière erreur.

— Ah oui! trésor et laquelle, à supposer que tes divagations soient justes? Car qui croira les fantasmes télépathiques d'un jumeau en mal d'amour? Tu ne rêves que d'une chose, en fait, c'est de baiser ton prêtre de frère, trésor. Caresser son corps, l'embrasser, le sucer, le pénétrer. Tu voudrais jouir dans les bras de ton frère. Dans tes propres bras, mon trésor. Parce qu'il est la réplique exacte de ce que tu es. Le narcissisme développé à son paroxysme. Un état homosexuel pur! Tout le monde te croira fou et pédé refoulé!

— Ça y est, t'as fini tes conneries? Je peux parler?

— Vas-y trésor, sors-la moi ta grosse erreur!

— Notre assassin a ajouté un élément de plus à cette douzième victime. Quelque chose que tu n'avais pas l'habitude de laisser.

Gemini pouffa. Il pressa son visage entre ses mains et fit mine de regarder Darwin d'un air pathétique.

— Mon pauvre Dar! Tu vas me dire que je ne suis pas l'assassin parce que le sperme du tueur contient le sida!

Il rit une nouvelle fois.

– Mais j'ai le sida!

– Ce n'est pas possible! Tu ne l'avais pas, il y a trois ans.

– Tu sais, trésor, il y a des choses qui s'attrapent vite, maintenant. Et en taule, les capotes ne circulent pas vraiment... Le cycle est achevé, trésor. Mes douze victimes vont me donner toute la puissance nécessaire pour faire ce que je veux. Faire disparaître le sida de mon organisme ou toute autre impureté n'en est qu'un petit exemple. Je ne tarderai pas à devenir le plus grand tueur de tous les temps. Le plus puissant de tous, trésor. Tu comprends?

Darwin se leva d'un bond et se dirigea à l'étage, vers la pharmacie. Une infirmière s'y trouvait.

– Prenez le nécessaire pour faire une prise de sang et suivez-moi immédiatement!

Darwin surveilla les opérations. Gemini avait l'air ravi, il gloussait.

– Je peux avoir les résultats dans quatre heures?

– Sans problème, répondit l'infirmière.

Il quitta les lieux pour se diriger vers un hôtel. Il prit une chambre pour se doucher au plus vite; il était trempé. La transpiration avait fait de lui une serpillière ambulante. Il resta de longues minutes sous l'eau chaude. Il avait besoin de se détendre. Il s'allongea, nu, sur le lit, fuma une cigarette et finit par s'assoupir.

❊ ❊ ❊

Il voulait seulement passer la nuit à l'extérieur. Il reviendrait avant l'aube, pour qu'on ne s'aperçoive de rien. Pour le moment, en tout cas, Il désirait être libre. Il se mit au volant d'une voiture et prit la direction de La Jolla et de l'Université de Californie, à San Diego. Il s'orienta ensuite vers Torrey Pines Hang Gilder Park. Il gara Sa voiture dans le parc de stationnement devant la Black's Beach. Le bruit des vagues Le réconfortait,

Le rasérénait. Il retira Sa combinaison noire pour révéler un mini-slip bleu qui laissait admirablement deviner de quoi Il était pourvu… Il défit Ses Nike et Ses chaussettes, prit un large drap de bain et se dirigea ainsi, sur le sable. Il n'y avait guère de monde, à cet endroit. Cependant, lorsqu'Il atteignit le nord de la plage, Il perçut le mouvement dans les dunes. Quelques jeunes beautés étaient éparpillées, ça et là, devant Lui. Il déplia Son drap, retira Son slip et se dirigea vers l'océan. Une légère chair de poule apparut sur Ses bras alors qu'Il avançait dans l'eau. Il était le seul courageux et téméraire à s'y être glissé dans cette extrême froideur. Il s'y jeta complètement et fit quelques brasses. Il aimait le contact de l'eau sur Son corps. Il aimait qu'on Le regarde aussi. Parce qu'Il savait que tous les yeux avaient convergé en un seul point: sur le fou furieux qui se baignait par une eau avoisinant les 8 ou 9° C…

Il sortit lentement, réalisant que Son sexe avait essuyé les attaques du froid. Il s'enroula dans Son drap et S'essuya les membres énergiquement.

— Un coup de main? demanda une voix chaude et puissante.

Il se retourna, pour découvrir un corps d'Apollon d'une trentaine d'années, environ. Imberbe, les yeux rieurs et le sourire éclatant, il était nu, lui aussi.

— Je m'appelle Andy.

Il arrêta net de Se sécher et tendit le drap au bel inconnu. Andy le prit et commença à frotter délicatement le corps de sa nouvelle conquête.

— On bouge? demanda Andy.

— Dans les dunes?

— Non. J'ai une maison pas très loin, si tu veux.

Andy laissa entrevoir une érection fabuleuse. De bons moments en perspective…

— D'accord, Je te suis.

Il ramassa Son mini-slip qu'Il enfila avec vélocité, tandis qu'Andy récupérait ses affaires. Il le suivit. La villa n'était pas très loin. Andy était visiblement riche, en plus d'être séducteur et musclé.

Ils firent l'amour à même le marbre froid, ce qui n'était pas sans Lui rappeler les sensations de l'océan, quelques minutes auparavant. Il caressa le corps magnifique de cette machine de muscles. Andy était sculptural. Il lui lécha les mamelons, durcis par le plaisir, et suça longuement son sexe.

Il ne savait pas pourquoi, mais Il ne voulait pas détruire Andy. Pas lui faire de mal. Il lui demanda un préservatif qu'Il enfila avec dextérité et le pénétra avec beaucoup de sensibilité. Il voulait donner à Andy le maximum de plaisir. Autant qu'Il pouvait s'en donner Lui-même. Sans autre pensée que celle du plaisir, de la jouissance pleine, saine et absolue. Andy, allongé sur le dos et les jambes recroquevillées, appréciait les mouvements balancés et réguliers de son amant. Il jouit abondamment sur son propre ventre, ce qui L'excita davantage. Il eut le temps de se retirer, d'enlever Son préservatif et de jouir sur le ventre d'Andy, mêlant ainsi leur sperme.

Il embrassa Andy avec passion, Se leva, reprit Ses affaires et partit avant qu'il puisse prononcer un mot. Il ne voulait pas être tenté et désirait garder la sensation de ce plaisir.

❊ ❊ ❊

Il était nu sur le lit. Quelqu'un lui embrassait les pieds, en même temps qu'on lui caressait les jambes. Il ne voulait pas regarder qui était là. Le sentiment semblait ainsi plus fort, plus inquiétant et plus savoureux. La personne lui embrassait maintenant le ventre, évitant soigneusement son sexe, pourtant en érection. Ses mamelons furent léchés, alors qu'une main experte continuait de le caresser. Il sentit la langue goulue s'introduire entre ses lèvres et partir en quête de sa propre langue. La scène était torride et il ne désirait pas ouvrir les yeux. Il préférait percevoir ce corps chaud et puissant sur lui. Cette sensation l'affolait, tout en lui procurant le plaisir certain auquel il aspirait, à ce moment précis. Et puis, soudain, il comprit. La sensation transcendait son rêve et se mêlait à une certaine forme de réalité.

Ehrwin se réveilla en sueur. Le rêve revenait sans cesse. Il ne pouvait le contrôler. Il se dirigea vers la salle de bain et prit une douche glacée. Il ne comprenait pas le sens de ses rêves et il en avait même un peu peur. Qui était cet homme avec qui il se voyait faire l'amour? Pourquoi venait-il troubler ainsi ses rêves? Ehrwin n'avait jamais éprouvé aucune attirance sexuelle. Le serment de chasteté n'avait pas été un problème pour lui. Il faisait partie de ces quelques personnes qui n'éprouvaient pas d'envie sexuelle et qui n'étaient attirées ni par la femme ni par l'homme.

Il sortit de la salle de bain. 2 h 30... Toujours la même heure. Il avait dû se réveiller vers 2 h 20. Qu'est-ce que cela pouvait signifier? Étaient-ce ses propres rêves ou ceux de son frère qui venaient interférer dans ses pensées endormies? Il n'avait pas osé en parler à Darwin, mais peut-être devrait-il le faire, à présent? Il s'assit au bord du lit et réfléchit quelques instants. Il finit toutefois par s'étendre à nouveau.

※ ※ ※

Darwin se réveilla en sursaut. Il avait dû s'endormir plus longtemps qu'il ne l'eût souhaité. Il prit sa montre: 2 h 20.

— Et merde!

Il ne pouvait plus appeler l'infirmière pour obtenir les résultats. Il fallait attendre jusqu'à 8 h. Il avait oublié de prévenir Dana. Il s'en voulait mais elle était au courant qu'il était sur une affaire difficile. Elle comprenait très bien ce genre de choses.

Il régla son réveil à 7 h, se glissa sous les draps et se rendormit.

— Monseigneur? Vous aviez raison, enchaîna Ehrwin.

Le cardinal demeura silencieux. Il attendit patiemment qu'Ehrwin reprenne le cours de ses pensées.

— Il y a quelque chose qui me tracasse, mais je n'en connais ni l'origine ni les raisons. Je rêve que je fais l'amour...

Le cardinal partit d'un grand rire qui étonna Ehrwin. C'était un homme discret: il ne s'accordait jamais plus qu'un sourire.

— Tu es un être de chair, Ehrwin, il n'y a rien d'anormal. Ce n'est pas la première fois que tu en rêves et ce ne sera sans doute pas la dernière.

— Mais, monseigneur, je n'ai jamais éprouvé de pulsions sexuelles. Jamais. Ce n'est pas dans ma nature.

— C'est dans celle de l'homme, Ehrwin.

— Je ne suis pas un homme, mais bien un prêtre. Et ce ne sont pas des pulsions sexuelles, mais plutôt des pulsions... animales, en ce qui me concerne.

— Il n'y a pas d'inquiétude à avoir. Cela te passera. Nous sommes tous passés par là, à un moment ou à un autre, Ehrwin.

Ehrwin voulait lui dire des pulsions... homosexuelles et non animales. Cependant, il n'avait pas osé.

La voiture arriva à l'aéroport.

— Laisse-moi là, tu as d'autres choses à faire. Nous nous reverrons dans un mois, au Vatican.

— Au revoir, monseigneur. À bientôt! Et, surtout, portez-vous bien!

— Merci, mon petit. Ciao!

❊ ❊ ❊

— Vous avez les résultats?

– Oui, sergent. Voici...

Darwin parcourut rapidement les analyses de sang pour arriver à la case concernant les maladies sexuellement transmissibles. Séropositif. Gemini était séropositif.

Darwin lâcha le dossier, s'excusa et partit. Il avait besoin de prendre l'air.

– 3 –

Darwin appela Pat de son téléphone cellulaire, afin de lui demander de réunir tous les gars de l'équipe dans son bureau, d'ici une heure environ. Il lui signifia aussi qu'il faudrait sans doute s'occuper davantage de «Grille d'égout», en s'assurant qu'il n'entraverait pas leur enquête. Avant de se rendre au poste de police, Darwin repassa chez lui, embrassa tendrement Dana en lui expliquant brièvement les derniers événements et s'excusa de ne pas l'avoir prévenue pour ces dernières nuits. Il se déshabilla et fila sous la douche, tandis que Dana lui préparait presque une garde-robe complète.

– Tu embrasses les terreurs pour moi.

– Je n'y manquerai pas.

– Tu leur dis que je suis sur une nouvelle affaire et que je risque de ne pas être très souvent là. Tu ne m'en veux pas?

– C'est moi qui ai épousé un flic. Je savais à quoi m'en tenir... Ce qui m'importe, c'est que tu fasses attention à toi. Promis?

– Promis.

– Et tu te rappelles? Je suis toujours là, quels que soient l'heure et le moment...

– J't'adore.

Darwin embrassa longuement sa femme et reprit le chemin qu'il connaissait si bien, jusqu'au poste.

– Salut! tout le monde est arrivé?

Pat lui fit un signe affirmatif de la tête. Il pouvait donc commencer. Colby arriva le dernier, renifla les membres de l'équipe et vint se coucher près de Pat. Dar commença son exposé:

— Il faut nous rallier au plus vite à une cause et à une seule: je veux que nous ne fassions qu'un. Certains d'entre vous ont travaillé sur l'affaire Gemini avec moi, il y a trois ans, d'autres pas. Les petits nouveaux doivent être très rapidement mis au parfum par les plus anciens. Je veux que vous vous plongiez tous dans les dossiers de l'époque. Il faut agir rapidement et ne rien laisser au hasard. Dans cette histoire, il n'y en a pas. De plus, il pourrait signifier votre mort et je ne veux pas de ça. C'est compris?

Ils acquiescèrent à l'unisson.

— O.K.! Que les choses soient bien claires, poursuivit Dar, le commandant Gabriel Dickenson ne vous pardonnera rien. Vous savez tous à quel point il me hait. Et si, pour me porter préjudice, il doit foutre l'un d'entre vous dans la merde, il n'hésitera pas une seconde. Alors, je veux que s'installe une véritable paranoïa au sein de l'équipe. Il n'est pas question de parler de quoi que ce soit à qui que ce soit. Les rapports seront tous verbaux. Je ne veux rien d'écrit. Nous ferons des réunions comme celle-ci, autant de fois que l'un d'entre nous estimera que c'est nécessaire. Maintenant, parlons de Gemini. Vous allez tous devenir des experts en sorcellerie! Vous devrez vous plonger dans tout ce qui est astrologie, astronomie, magies noire et blanche, runes et pentacles. Vous vous partagerez le travail; chacun se spécialise sur l'un des éléments que j'ai énumérés. Tout ce qui vous paraît louche ou susceptible de nous intéresser, vous en parlez. Il ne doit pas y avoir de tabou, entre nous. Pas d'idée préconçue, non plus. Toute idée est bonne, quelle qu'elle soit. La plus étrange comme la plus incongrue. Gemini — qui est en prison à L.A., je vous le rappelle — prétend avoir tué lui-même le jeune Ben Turner. Il faut avouer que tout ce que nous appelions les «techniques Gemini» ont été réunies. Benjamin Turner est bel et bien mort «à la Gemini». Il n'y a aucun doute là-dessus. Même les éléments demeurés secrets à l'époque ont été respectés. Toutefois, un indice supplémentaire est venu s'ajouter. Le sperme de l'assassin est contaminé par le virus du sida. Je suis allé à L.A. vérifier tout d'abord si Gemini était toujours en prison. Ce qui est le cas. Ensuite, je lui ai fait faire une analyse de sang: Gemini est aujourd'hui contaminé, lui aussi, par le virus du sida. J'ai fait mon enquête à San Diego concernant les lieux qu'il aurait soi-disant visités, avant de commettre son douzième meurtre. Personne ne l'a vu. La seule personne qui aurait pu me certifier que Gemini était bien notre homme est morte. Il s'agit – pure coïncidence ou fait complexe de notre affaire? – de l'oncle de Benjamin Turner. Le rapport médico-légal veut nous faire croire au suicide. Thèse à laquelle je n'adhère évidemment pas. Détail troublant: lorsque je suis retourné voir Gemini, il était au courant de mes moindres faits et gestes et aussi du «suicide», qu'il aurait lui-même «exécuté». Je dois vous dire que je ne crois pas à la culpabilité de Gemini. D'après moi, il n'a pas bougé de sa cellule.

– Sans vouloir t'offenser, nous non plus, on croit pas trop à sa culpabilité...

– Ne sous-estime pas Gemini, Phil. Tu serais peut-être très surpris d'apprendre ce que l'on peut faire avec un esprit et un corps humain.

Phil, toujours habillé d'un jeans et d'une chemise hawaïenne et chaussé de mocassins, demeurait sceptique.

– C'est des conneries, tout ça.

– Je ne te demande pas d'y croire. Je vous demande, à tous, de tenir toutes ces croyances pour des états de fait. Que vous y croyiez ou non, je m'en contre-balance. Mais ne vous méprenez pas avec des phrases toutes faites du style: «c'est des conneries». C'est clair, pour tout le monde, j'espère... Phil le regarda droit dans les yeux et finit par hocher la tête affirmativement.

— Il y a trois ans de ça, Gemini se proposait de nous concocter un splendide cycle zodiacal. Chaque mois apportait une nouvelle victime. Une pour chaque signe. J'ai réussi à l'arrêter avant qu'il ne tue une douzième et dernière fois, pour l'accomplissement de sa première œuvre. Il n'assassinait que des hommes: Gemini est homosexuel. Ils avaient en moyenne, une trentaine d'années et étaient plutôt blonds, grands et beaux. Il me les offrait. En effet, je correspondais physiquement à ses victimes et à lui-même, d'ailleurs. Il y avait aussi similitude au niveau des chiffres. Gemini a aujourd'hui trente-six ans. Il en avait trente-trois, à l'époque et moi vingt-deux. Deux trois pour lui, deux deux pour moi. L'âge du Christ pour lui et celui des flics dans mon cas! Je ne sais pas s'il faut y voir un lien, toujours est-il qu'il m'a choisi pour être son double.

À présent, il souhaite me faire croire qu'il tue lui-même, à nouveau. Si je ne crois pas à ça, je pense, par contre, qu'il a réussi à convaincre un pion de tuer à sa place. Il se sert de lui et il utilise son corps pour tuer. C'est après ce chien fidèle qu'il nous faut nous lancer. Nous avons une longueur d'avance sur l'équipe de Dickenson parce qu'aucun d'entre eux ne connaît Gemini aussi bien que moi. Je veux tout le monde au travail et rapidement. Des questions?

Darwin regarda les hommes de son équipe avec attention. Ils étaient neuf, en tout, lui et Pat inclus. Il y avait trois nouveaux — Tim, Jerry et Mike — qui n'avaient pas participé à la première poursuite.

Personne ne posa de questions.

— Très bien, les gars, à vous de jouer!

Dar attendit d'être seul avec Pat pour aborder un sujet brûlant.

— J'aimerais que tu te charges personnellement de Dickenson. Je désire tout connaître de lui. Sa vie de famille, ses sorties, ses plaisirs, ses travers, s'il en a; ce qu'il prépare éventuellement contre nous. Je crois qu'il a donné pour consigne à ses hommes de boucler l'enquête avant nous. Tu imagines bien qu'il n'hésitera pas un seul instant à nous retarder sous n'importe quel prétexte. Si nous avons des informations sur lui, alors nous pourrons jouer à armes égales. Tu veux bien t'en charger?

– Pas de problème, Dar.

– Super! On y va. Tu informes les jeunes du danger de la situation. Je ne veux pas de pertes, cette fois-ci.

✱ ✱ ✱

30 novembre 1995.

Il était grand temps de préparer le deuxième acte. Ben avait été un jeu d'enfant. Maintenant, il fallait réellement s'investir.

Un nouveau cycle, une nouvelle période allaient bientôt commencer. C'est Lui qui déciderait de tout. Il avait déjà repéré ce superbe appartement, au dernier étage d'un immeuble de quatre étages. Il fallait qu'Il aille le visiter pour savoir si tout concordait. Il irait ce soir, personne ne serait là pour Le déranger. Il fallait être patient une fois de plus. Ces longues années d'attente L'avaient obligé à la patience. Il ne s'agissait là que de quelques heures... Il en était tout à fait capable! Il s'installa sur Son lit et prit l'un de Ses nouveaux livres. La lecture Le détendait car Il aimait lire. Se réfugier dans ce monde imaginaire qui Lui apportait tant de bonheur. Sa compagne de patience... Lui qui avait été si seul, durant toutes ces années d'abandon. Bientôt ce serait de l'histoire ancienne. Il pourrait vivre au grand jour, comme et avec tout le monde. Plus besoin de se terrer éternellement dans ces cellules si sombres.

Il regarda sa montre: Il pouvait y aller. Ils étaient sortis, désormais. Il passa une tenue noire, pour ne pas être vu, et se concentra quelques instants avant de quitter Sa prison.

Il était dans la rue, à présent. Il huma l'air frais et délicat, goûtant au vent suave qui Le caressait de toutes parts. Il prit une voiture et se dirigea, fenêtres grandes ouvertes, vers Sa destination. Il adorait faire des repérages. Visiter cet appartement L'excitait énormément.

Arrivé à bon port, Il attendit que le champ soit libre pour composer le code d'entrée en toute tranquillité. Il avait vu faire la femme tant de fois qu'Il connaissait les mouvements des doigts par cœur. Clic. Petit pincement au cœur. La porte s'ouvrit; Il trépignait d'impatience.

Il se dirigea vers l'ascenseur qui L'attendait. Il appuya sur le bouton du quatrième étage. La porte de l'appartement se trouvait là, devant Lui. Il crocheta la serrure, tout en introduisant un passe-partout dans le système d'alarme. Bingo! Le voyant s'éteignit, en même temps que la porte s'ouvrit. Il s'introduisit en douceur dans l'appartement.

Calme. Serein. Silence.

Il attendit quelques secondes avant de bouger. Il referma la porte et avança dans les lieux. Il guettait le moindre bruit, le moindre craquement qui pourrait éveiller Ses soupçons.

Le salon était à l'image de ses attentes. C'était parfait. Peut-être faudrait-il, tout au plus, bouger un meuble ou deux, mais c'était vraiment tout. Il respira profondément. Il allait pouvoir revivre. Il s'assit dans le fauteuil, pour S'imprégner de l'odeur des occupants habituels.

C'était une femme de 41 ans qui vivait ici. Elle était veuve depuis plusieurs années déjà. Mais elle avait un amant. Un bel homme, plus jeune qu'elle d'une dizaine d'années, environ. Un beau brun ténébreux, du genre amant latin. Elle était fort élégante, grande et noble. Une femme racée. Oui, c'était bien ça. Il les avait repérés depuis très longtemps.

Une démarche longue et difficile. Pourtant, cela n'avait pas été vain. Il était bien récompensé, aujourd'hui. Tout était comme Il le souhaitait. Il s'attarda un peu dans la chambre, enceinte de toutes les débauches, auxquelles Il ne pouvait participer, hélas! Il les imaginait nus, étendus, là, devant Lui. Il se voyait caressant les seins de la femme d'une main et le sexe de *l'homme de l'autre. Il faudrait qu'Il pense à venir les voir faire l'amour avant de passer à l'acte. Il réfléchit quelques instants, puis sourit.*

Le temps s'était écoulé rapidement: Il devait partir. Il sortit de l'appartement et prit l'ascenseur. Dans le hall, au rez-de-chaussée, le couple était là, à rire. Il les regarda attentivement. Ils étaient beaux. Très beaux. Et absolument parfaits. Son œuvre serait irréprochable, Il n'en doutait plus un seul instant. Il les croisa sans rien dire, en évitant de dévoiler Son visage. Il regagna la voiture à grandes enjambées. Il savait qu'ils seraient parfaits. Et Lui donc!

❀ ❀ ❀

L'aumônier diocésain était affairé lorsque le vicaire vint lui prêter main-forte. Tous les prêtres vicaires étaient très fiers d'avoir Ehrwin pour vicaire général. Fiers parce qu'ils appréciaient beaucoup l'homme qu'il était et également de le voir se préparer pour Rome. À son retour, il les tiendrait au courant des derniers bruits de couloir du Vatican. Ils n'avaient pas eu la chance d'aller parfaire leurs études là-bas. Ehrwin était donc leur lien, en quelque sorte avec la Grande Capitale. Et il serait bientôt Docteur en théologie et sans doute ensuite, Docteur en psychologie. Deux thèses aussi proches dans le temps, était un fait très rare et fort appréciable.

Aujourd'hui, tout le diocèse savait que c'était le grand jour. Ehrwin semblait nerveux et anxieux; chacun l'avait remarqué. Mais qui ne l'aurait été? Il préparait ses affaires, ses notes et plusieurs exemplaires de sa thèse religieuse. Son avion décollait dans l'après-midi. Il serait à Rome le 1er décembre et soutiendrait sa thèse le 5. Il n'aurait que quatre jours pour tout organiser et se sentir à l'aise. Le cardinal, lorsqu'il était venu, n'avait pas manqué de faire savoir à tout un chacun qu'il serait membre du jury, ainsi que Sa Sainteté. Événement rare et important dans une carrière religieuse. Troublant, aussi, parce qu'il signifiait qu'Ehrwin n'aurait pas droit à l'erreur. Le défi était grand, mais Ehrwin était un jeune homme de terrain. Les affrontements ne lui faisaient pas peur.

C'était pourquoi il occupait, si jeune, une place aussi importante. Ehrwin s'était dévoué pour venir en aide aux autres. Très jeune, il s'était occupé des sans-abris. Depuis trois ans, il s'intéressait aux personnes contaminées par le virus du sida. Il avait été fasciné par le combat que les hommes menaient contre cette nouvelle maladie. Il avait suivi de très près la guerre – terrible, pensait-il – livrée par le professeur Gallo contre l'équipe française de l'institut Pasteur[5]. Ehrwin s'était immédiatement plongé dans la lutte. D'abord, en se documentant au maximum par la lecture d'un ouvrage magnifique et essentiel, rédigé par un journaliste américain décédé des suites du sida le 17 février 1994[6]. Ensuite, en aidant les malades, ce qui ne manquait pas de le tourmenter. Il n'était pas sans savoir que le pape interdisait l'homosexualité, qu'elle restait un acte impur et immoral. Mais

---

5. Le 27 juillet 1982, lors d'une réunion organisée par le CDC (*Center for Disease Control*, Centre de contrôle des maladies situé aux États-Unis, à Atlanta), la maladie fut officiellement nommée AIDS (*Acquired Immune Deficiency Syndrome*, SIDA). En octobre 1983, l'équipe du professeur Luc Montagnier pensa avoir découvert le rétrovirus du sida. Celui-ci était différent du HTLV (*Human T-cell Leukemia Virus*, virus de la leucémie), découvert quelque temps auparavant par Gallo qui espérait que le sien fut bien le rétrovirus du sida. Or, malgré les efforts de Gallo pour mettre en place un HTLV III plus apparenté au sida que le premier et une première reconnaissance de paternité qui lui fut alors accordée, Luc Montagnier exposa officiellement la supercherie à Washington en février 1985, afin que la paternité revienne à qui de droit. Le combat dans le combat, opposition que les Français avaient essayé d'éviter, d'ailleurs. Mais, voyant le manque d'éthique dont Gallo avait fait preuve pour arriver à ses fins, l'équipe française avait réagi d'un commun accord.

6. *And the Band Played* On, par Randy Shilts.

n'était-ce pas impur et immoral, pour un prêtre, de ne pas venir en aide à des homosexuels qui souffraient d'une maladie encore incurable, dont ils n'étaient pas responsables? L'Église avait proclamé haut et fort en 1981, que ce que la presse appelait la «pneumonie gay» ou le «cancer gay» était, en fait, une punition divine, sorte de onzième fléau qui décimerait la population homosexuelle: la maladie des «malades». Ceux-là mêmes qui faisaient l'amour entre eux n'avaient qu'à périr entre eux. Et puis, la maladie, que l'on croyait uniquement sexuellement transmissible, devint une maladie du sang. En plus de la population homosexuelle, celles des hémophiles et des drogués furent touchées. La punition divine s'étendait lourdement aux femmes et aux nouveau-nés.

La sexualité des malades n'intéressait pas Ehrwin, la sexualité, en général, ne le préoccupant pas. Il se contentait d'offrir son soutien et de l'aide. Il avait fait beaucoup, en ce domaine, à San Diego. D'autres prêtres s'étaient aussi ralliés à sa cause. Son ami, le cardinal Lorenzo-Lukas de Florencis, demeurait toujours très discret sur le sujet. Ehrwin n'avait jamais osé en parler, de peur de freiner sa propre ascension. Mais il faudrait bien qu'ils viennent à en parler, un jour. Car, forcément, tôt ou tard, on en informerait Sa Sainteté! Et peut-être qu'alors il aurait besoin de tout l'appui du cardinal. Il ne savait pas comment réagirait le pape ou même un quelconque cardinal qui l'apprendrait. Il avait conscience, toutefois, de la rigidité de l'Église concernant certains sujets. Il le regrettait, mais toute forme de «société» avait ses travers. Il devait donc composer en conséquence. Pour le moment, en tout cas, il se rendait à Rome pour soutenir sa thèse. Il verrait ensuite, comment tout cela se poursuivrait.

❉ ❉ ❉

Pat, de son vrai nom Patrick Vincent McGuire, était dans sa voiture en direction de chez Dar et Dana. Colby, son chien, était allongé sur la banquette arrière. Dar l'avait invité à dîner, ce soir, en compagnie de Loretta, la standardiste du S.D.P.D. et de son mari avocat, Bob. Loretta s'était entichée de Dar, comme l'avait fait Pat. Tout le monde savait que Dar avait perdu père et mère. Alors, Loretta était devenue une tendre amie. Comment ne pas l'être, d'ailleurs? Elle était toute la bonté humaine et la joie de vivre réunies. Toujours à rire, à plaisanter, elle avait remonté le moral des troupes plus d'une fois. Pat éprouvait aussi beaucoup de tendresse envers elle. Leur centre d'intérêt avait d'ailleurs convergé en même temps vers le «môme», quelque sept années plus tôt. Pat était bien vite devenu le confident de Dar et les relations s'étaient transformées, tout naturellement, en relations père-fils. Il avait trente ans d'écart avec ce dernier; et il aurait pu être son père, sans difficulté. Lorsque Dar avait intégré les forces policières, Pat venait tout juste de perdre Eleonora, sa femme. Elle avait trente-huit ans et avait combattu, six années durant, contre une saloperie de cancer qui avait fini par avoir raison d'elle. Aujourd'hui, il vivait seul avec Colby, à San Diego. Ses trois enfants étaient éparpillés entre les États-Unis et l'Europe. Sa fille aînée, Nelly, avait épousé un avocat et vivait sur la côte est, à proximité de New York. Ils lui avaient donné un superbe petit-fils, qu'hélas! Eleonora n'avait pas vu naître. Elle était décédée deux mois avant la naissance de l'enfant. Elle aurait été si heureuse de connaître et de chérir son petit-fils. Mais le destin en avait décidé tout autrement. La cadette, Lisa, vivait seule en Californie, près du lac Tahoe. Elle tenait une librairie. Elle venait souvent lui rendre visite. Quant à son benjamin, Frederick, il finissait ses études en France.

Sa seule famille à San Diego était ce jeune policier, Dar, et sa propre petite famille: sa femme et ses deux fils.

Depuis trois ans, il tentait de rendre l'atmosphère plus agréable entre le commandant Gabriel Dickenson et son protégé. Mais Pat connaissait bien Gabe Dickenson. Ils avaient même été de très bons amis et d'excellents partenaires, au début de leur carrière, au S.D.P.D. Il avait rencontré Gabe en 1959. Il n'avait alors que dix-neuf ans et Gabe vingt-et-un. Une amitié était lentement née entre les deux jeunes gens. Du boulot aux bals et aux sorties avec les filles, le soir et les week-ends, ils étaient inséparables. C'était la belle époque des années soixante. Celle de la joie de vivre et de l'insouciance de deux adultes pourtant sérieux dans leur travail. Tout se faisait toujours ensemble. Ils étaient montés en grade en même temps, s'étaient mariés le même jour avec deux superbes filles, toutes deux amies depuis l'enfance. Et ils avaient tout partagé: leur première maison, leur première sortie, leur premier enfant. Mary et Eleonora préparaient les meilleurs plats en ville; ils mangeaient, riaient, chantaient et dansaient souvent jusqu'au petit matin. Les quatre inséparables. Les quatre cents coups!

Les années soixante-dix avaient apporté plus de calme, moins de folie, mais toujours autant de complicité. Les enfants apprenaient à être les meilleurs amis du monde et la bonne humeur des adultes se reflétait dans la génération suivante.

Il revit soudainement le visage de sa femme. Il se remémora une scène, un jour qu'ils étaient tous réunis chez eux pour un barbecue. C'était en août 1979. Gabe et Mary étaient dans le jardin. Mary mettait la table, tandis que Gabe jouait avec Nelly, Lisa, Frederick et ses deux filles. Eleonora était dans la cuisine; lui s'apprêtait à venir chercher la viande pour la faire griller. Il s'était arrêté et avait regardé sa femme, longuement et amoureusement. Elle était si jolie, avec son visage frais et si tendre. Cette scène l'avait marqué, parce qu'Eleonora chantait une comptine qu'elle et Mary avaient apprise dans leur jeunesse. Ce même refrain qui hantait aujourd'hui sa mémoire. C'était d'ailleurs au milieu du repas, ce jour-là, qu'Eleonora eut un évanouissement que l'on pensait alors bénin et qui s'avéra être, en fait, les prémices d'un long combat.

Puis, un événement douloureux intervint, sans qu'ils puissent faire quoi que ce soit. Eleonora ne voulut jamais en parler. Il y avait eu quelque chose entre elle et Gabe. Il avait pourtant essayé de savoir, en vain. Elle s'était brouillée avec Mary, à cause de cet incident et, lui-même, pour sauver son propre mariage, avait choisi de ne pas insister. Néanmoins, Gabe n'était plus le même au travail. Il alla jusqu'à comploter dans son dos pour obtenir le poste de commandant. Pat n'avait rien fait, il avait alors un combat terrible et beaucoup plus important à mener avec sa femme. Les relations s'étaient très vite envenimées. Lorsqu'Eleonora mourut, Mary demeura consternée. Elle vint aux funérailles, mais n'adressa la parole à personne.

Quand Eleonora commença sa lutte contre le cancer en 1982, ils s'étaient perdus de vue depuis longtemps. Mary ne sut jamais que son amie d'enfance combattait le cancer, tandis que son mari manigançait pour obtenir le poste de commandant au S.D.P.D. Pat lui avait simplement envoyé un faire-part, ne voulant pas que Mary soit absente aux obsèques, si telle n'était pas sa décision. Gabriel apprit la nouvelle au poste, comme le reste de ses collègues. Mais il n'eut jamais un mot d'encouragement envers Pat. Il continua de l'ignorer, comme il l'avait fait auparavant.

Dar arriva à cette époque. Était-ce le fruit de la nouveauté ou le désir de ne pas exhiber de conflit entre les plus vieux flics du poste, toujours est-il qu'un beau jour Gabriel fit les premiers pas pour tenter de ressouder des liens défaits depuis tant d'années.

— Eleonora ne t'a rien dit? avait-il un jour demandé.

— Non. Elle n'a jamais voulu.

— Je respecterai son choix, alors. Peut-être pourrions-nous arrêter la guerre?

— Tu es le seul à en avoir commencé une, Gabe. Je ne me suis jamais prêté à ce jeu.

— C'est vrai. Je suis navré. Je... Je...

— N'ajoute rien.

Pat avait tâché d'agir naturellement. Ce n'était plus comme avant, bien sûr. Les relations étaient faussées par un secret dont il ne saurait, sans doute, jamais rien. Cela avait duré quatre ans, environ. Jusqu'à l'affaire Gemini qui causa beaucoup de tort, à cause de Gabe et de sa jalousie envers Dar. Peut-être parce qu'il était son protégé, justement, et que cela l'agaçait au plus haut point. Mais il s'en foutait, il aimait vraiment ce petit.

Pat gara sa voiture. Il prit le bouquet de fleurs et sonna à la porte du pavillon. Aloïs vint lui ouvrir et il lui donna le bouquet.

— Tiens, va donner ça à ta maman.

Pat défit son manteau et l'accrocha sur un cintre parmi les autres. Visiblement, la famille Garrisson était arrivée. Il était donc le dernier. Il entendit un grand cri de joie, quelques rires qui fusèrent et des aboiements de satisfaction.

— Tu es incorrigible, Pat. Il ne fallait pas...

— Comme je sais que tu as un mari atroce, je me suis permis cette petite attention.

Dana l'embrassa tendrement. Dar arborait un large sourire.

— Comment ça, je suis un mari atroce? Atrocement gentil et beau. Ça, c'est vrai!

Tous les trois regagnèrent le salon.

— Salut, beauté blonde!

Pat se jeta dans les bras de Loretta.

— Y a ton petit mari, mais on s'en fout. J'te fais plein de bisous quand même.

— Mais tu as intérêt à m'embrasser, amoureusement! S'il dit quelque chose, on l'égorge, l'avocat. Y va pas ennuyer des flics, non? Qui c'est les chefs, ici?

— C'est nous! rétorquèrent en même temps Aloïs et Lorian.

— Oui, c'est vous, mes trésors, leur répondit Loretta.

— Salut, Pat.

— Bonsoir, Lorian.

— Ce soir, vous restez à la maison, papa et toi, hein?

— C'est promis. On ne bouge pas. Et, si on nous appelle, tu diras qu'on est occupé.

— Youppi! ça marche. Suis-nous Colby, on va jouer.

Le chien vint chercher quelques caresses auprès des enfants.

— Bonsoir, Bob. Comment vas-tu? lui demanda Pat.

— Comme tu le vois, comme un avocat que sa femme martyrise...

— Tu parles... Il adore ça, que je le violente un peu. Ah! ces hommes!

— Pat, qu'est-ce que tu veux boire? interrogea Dana.

— Un whisky coca, s'il te plaît.

— Des nouvelles de «Grille d'égout»? s'inquiéta Dar.

— Ha, ha! Tu te rappelles ta promesse, Dar? Pas de boulot, ce soir. C'est une petite fête entre amis, pas entre collègues. O.K.? renchérit Dana.

— Bien, madame. C'est vous la patronne... taquina Dar.

— Et pas de messes basses pendant que je suis à la cuisine, hein! Loretta, je compte sur toi pour les surveiller.

— Un jeu d'enfant, Dana. Le premier que j'entends parler boulot, c'est bien simple, je le fouette.

— Hum! Loretta, quand tu parles comme ça, tous mes sens sont en éveil! ironisa Dar avec un large sourire.

— Tu vas voir. Je vais te les aiguiser tes sens, moi, lui répondit-elle.

— Papa? demanda Lorian.

— Oui, mon chéri.

— Il vient pas, oncle Ehrwin?

— Non, mon poussin, il est en voyage. Il est parti pour passer sa thèse.

— Le grand jour est arrivé, alors, intervint Pat.

— Oui, et il avait l'air plutôt anxieux, lorsque je l'ai vu la dernière fois, lui répondit Dar.

— On le serait à moins, non? Une thèse, ce n'est pas n'importe quoi. Et le pape fera partie du jury, expliqua Dana.

— Non? C'est pas vrai… dit Loretta, incrédule.

— Mais si, c'est vrai, confirma Dar.

— Eh bien! avec ça, moi, je ne serais pas anxieuse, je serais morte de trouille. Je crois bien que je me ferais pipi dessus! ajouta Loretta à l'attention des enfants pour les faire rire.

Ce que firent Lorian et Aloïs, de bon cœur. Loretta disait toujours beaucoup de choses amusantes. Ils l'adoraient. En plus, elle jouait souvent avec eux.

— Tu viens voir nos nouveaux jouets, Loretta?

— Comment ça? Encore des nouveaux?

— Vous ne l'embêtez pas longtemps, les enfants…

— Non, non.

❈ ❈ ❈

3 décembre 1995.

Maintenant, Il était prêt. La seule difficulté serait de pénétrer dans l'appartement sans qu'ils s'en aperçoivent. L'unique moyen serait une fenêtre entrouverte. Avec un peu de chance et beaucoup d'acrobaties, Il pourrait s'introduire chez eux sans trop de problèmes. Il aimait l'idée d'être dehors, en train d'épier le moindre mouvement dans l'appartement, pour comprendre ce qui s'y passait. Il adorait aussi l'idée de sortir à nouveau la nuit.

C'était le moment qu'Il préférait: lorsque les visages étaient sombres et ambigus, dissimulés derrière de grands cols relevés qui protégeaient du vent ou de la pluie. La fraîcheur de certains soirs L'enivrait particulièrement. Et ce soir était un soir comme Il les appréciait. Il enfila Sa tenue noire et se concentra quelques instants. Le recueillement était primordial dans ces moments-là. Cela pouvait donner une tournure complètement différente aux événements. Durant cette soirée, il ne faudrait pas laisser de place à la surprise. Il serait là-bas en explorateur de fond. Son sexe se durcit instantanément, lorsqu'Il pensa aux fesses de l'homme qu'Il verrait bientôt nu, lancé dans son va-et-vient corporel. Il ne fallait pas se laisser troubler par des pensées qui pourraient L'amener à agir bêtement. Il se concentra donc davantage sur l'action qu'Il avait à mener, plutôt que sur les protagonistes avec lesquels Il jouerait. Le jeu serait pour «pendant», pas pour «avant». Et «avant», c'était maintenant. Son érection disparut aussi vite qu'elle s'était manifestée. Dans quelques instants, Il serait dehors, au vent frais.

Au volant d'une voiture «empruntée», Il observait les personnes qui marchaient d'un pas pressé dans la rue. Le ciel était chargé d'une électricité statique qui Lui conférait une énergie débordante. L'air libre... La jouvence et la plénitude! Il se gara, quelques mètres avant l'immeuble. Il s'installerait sur le toit, la vue serait magnifique. Il se rendit vite compte qu'une fenêtre de l'appartement était bien ouverte. Il prit donc place sur le toit. La ville illuminait de toutes ses lumières Son visage heureux et posé. Il bascula lentement pour regarder à l'intérieur de l'appartement. C'était la fenêtre du salon qui était ouverte. Et, à première vue, le terrain était dégagé. Les lumières éteintes, seul un filet laissait présager une source tamisée en provenance de la chambre. Il se glissa lentement, dans l'appartement, en évitant le moindre bruit. Il entendait des gémissements. Ils étaient déjà à l'œuvre. Il avança doucement vers le couloir qui menait à la chambre. Sa respiration se fit plus rapide, plus saccadée. Il accéléra malgré Lui jusqu'à la chambre. La porte était ouverte et Il pouvait les regarder sans être vu. Ils n'en étaient qu'aux pré-

mices. L'homme caressait les seins et les hanches de la femme. Il déboutonna sa tenue noire pour laisser Son torse libre. Il se caressa les mamelons avec la plus extrême fragilité.

L'homme explorait le sexe de sa maîtresse, douce amante nocturne qui, ce soir, partagerait sa jouissance avec un tiers. Ils ne savaient pas qu'Il était là. Mais peu importait! Lui les voyait. Et, bientôt, Il se mêlerait à eux. Il se concentra avec toute la puissance dont Il était capable. Il percevait clairement Son propre esprit, à présent. Il modula Sa concentration afin d'obtenir une visualisation de Son âme. Cette perception Lui permettrait de ressentir chaque fait et geste de «Ses» amants. Il survolait, de Son âme, la chambre, plus précisément le lit. Il percevait leurs mouvements sans rien voir. Ils étaient là, sous Lui. Il ouvrit les yeux. Maintenant, Il les voyait depuis le seuil de la porte, mais également d'au-dessus. Il voyait et percevait. Les langues s'entremêlèrent dans un flot d'énergie. Il vit le sexe de l'homme, gonflé, regorgeant de puissance. Un sexe magnifique, épais et non circoncis. Il dirigea Son âme dans l'esprit de la femme et lorsque celle-ci entreprit une fellation, c'était Lui, en réalité, qui la faisait. Il suçait ce sexe qu'Il décalottait lentement, avec toute l'attention nécessaire. Sa main se promenait encore sur Son torse, tandis que de l'autre, Il se masturbait. Il ralentit le mouvement; il ne voulait surtout pas jouir avant eux. Ils jouiraient ensemble. Dans l'extase la plus absolue, la plus parfaite.

L'homme commença alors à pénétrer son amante. Elle était sur le dos et lui, allongé, la recouvrait entièrement. Il voyait ce postérieur sublime, si alléchant. Il libéra l'esprit de la femme qui n'avait rien senti de la supercherie et intégra celui de l'homme. Il se projeta ensuite à la place de la femme dans une seconde conscience qui Lui permettait de ressentir le va-et-vient de l'homme dans Son propre corps. Il n'avait jamais laissé un homme Le pénétrer. Mais celui-là avait un sexe de toute splendeur. Et cette sodomie n'était pas physique.

Il prit soudainement conscience de ce qu'Il venait de laisser faire. Personne n'avait le droit de venir en Lui. Personne. Il bloqua immédiatement Sa concentration. Il n'avait plus envie

de jouir et encore moins de les voir se donner du plaisir. Il lâcha
Son sexe, le rangea. Il ferma Sa tenue et éprouva le besoin de les
tuer immédiatement. Non, il ne fallait pas. Pas ce soir. Il se
calma, fit demi-tour et ressortit comme Il était venu. Dans
quatre nuits, ils seraient à Lui. Pas avant. Patience...

❀ ❀ ❀

Ehrwin venait de reprendre, une ultime fois, la lecture de sa thèse. Pour quelle raison? Il n'en savait rien.
Les dés étaient lancés. Il avait déjà remis les exemplaires
de celle-ci au jury qui devait être en train de la parcourir,
tout comme lui. Il la soutenait demain. Il se sentait prêt,
mais la présence de Son Éminence de Florencis et de Sa
Sainteté n'étaient pas faites pour le rassurer. Il réalisait
que s'il en ressortait Docteur, alors les portes de l'évêché
s'ouvriraient rapidement devant lui. Il n'y avait rien à
craindre, il maîtrisait parfaitement son sujet.

— Alors, mon ami. Nous rêvons?

— Je ne vous ai pas entendu entrer, monseigneur.

— C'est bien ce que je disais, tu rêvais!

— Non, non, monseigneur. Je relisais une dernière
fois la thèse, histoire de me rassurer, en quelque sorte.

— Je ne devrais pas être si franc, mais tu n'as rien à
craindre. Elle est conforme à mes attentes: inspirée, bien
écrite, documentée. Il n'y a rien à redire. Ta formation
est complète, mon petit.

— Peut-être dites-vous cela pour me réconforter un
peu aussi, non?

— Ne t'inquiète pas, te dis-je. J'ai entendu quelques
bruits de couloir: tous les membres du jury en disent du
bien.

Ehrwin soupira légèrement.

— Tous?

— Si tu veux savoir ce qu'en pense Sa Sainteté, personne ne le sait.

— Personne, sauf vous! Je sais combien il vous porte dans son cœur. Vous avez toujours eu ses faveurs. Ne prétendez pas le contraire...

— Si l'on veut, oui. Pour ce qui est de la réponse, il te la donnera lui-même demain. Pas d'affolement, te dis-je.

— Pourquoi est-ce si tard, demain?

— Es-tu si impatient? Parce que nous avons tous nos occupations et nos responsabilités, très cher. Et, malgré l'éclat de votre grandeur, nous avons pensé que 18 h était fort convenable.

Ehrwin s'esclaffa, ce qui le détendit un peu.

— Merci pour «votre grandeur», mais je ne suis qu'un petit prêtre.

— Petit? Prêtre? Petit, certainement pas. Tu me dépasses de deux têtes et c'est trop à mon goût. Prêtre, peut-être, mais qui sera le plus jeune évêque au monde. Alors?

Ehrwin sourit. Il changea abruptement de sujet.

— Parlez-moi de votre sexualité, monseigneur.

— En voilà une injonction directe!

— Je ne savais pas comment amener le débat.

— Que veux-tu que je te révèle? Si j'éprouve des pulsions sexuelles ou si, tout comme toi, je n'en ai jamais ressenti, autrement que dans les rêves?

— Oui.

— Tu sais, aujourd'hui, à mon âge, il n'est plus très difficile de ne pas penser aux choses du sexe. Lorsque j'étais plus jeune, ce fut une autre affaire. J'éprouvais de très fortes pulsions sexuelles pour les jeunes femmes. Je n'étais pas insensible au charme de certaines nonnes. J'étais jeune et peu sérieux. Ma foi était bien ancrée, mais je ne comprenais pas pourquoi l'Église ne changeait pas de point de vue quant au mariage des prêtres. Après tout, Dieu a donné le même corps aux prêtres et aux fidèles! Et, avoir la foi n'a jamais fait disparaître les pulsions sexuelles... J'ai péché de nombreuses fois, il est vrai. Et le pire était que je ne le regrettais pas! Tu vois, tes pulsions animales, comme tu les as appelées une fois, surgissent chez tous les hommes. Qu'y pouvons-nous?

— Il y a une chose que je ne vous ai pas dite, monseigneur. Si j'ai appelé ces pulsions des pulsions animales, c'est pour deux raisons. La première est que je ne me sens pas vraiment homme car, à l'état éveillé, je n'éprouve jamais de pulsions sexuelles. De plus, je n'ai jamais eu d'éjaculation nocturne durant mon sommeil.

— Et ce, depuis toujours?

— Oui, je crois. Je n'ai pas de souvenirs, concernant ma sexualité, avant mes quinze ans. Je ne pense pas m'être posé de questions sur le sexe avant. Et, depuis l'âge de quinze ans, j'en suis certain.

— Peut-être s'est-il produit une occurrence, dans ton enfance, qui a provoqué un refoulement de ta sexualité?

— Vous croyez? Quelque chose qui m'aurait gêné ou dégoûté?

— Des attouchements avec ton frère lorsque vous étiez enfants, par exemple. Cela arrive souvent, et c'est d'autant plus troublant lorsqu'on le fait entre jumeaux.

— L'autre est identique à soi. Oui, j'en parle dans ma seconde thèse. Il est évident qu'être le jumeau de quelqu'un n'est pas chose aisée, mais je n'ai aucun souvenir d'un quelconque problème grave entre Dar et moi.

— Comment veux-tu t'en souvenir aussi facilement, s'il s'agit d'un événement que tu as refoulé?

— Je ne sais pas. On ne peut pas dire que vous m'ayiez franchement aidé.

— Pourquoi? Parce que j'ai semé le trouble en toi? Mais c'est justement ainsi que tu découvriras les réponses qu'il te manque.

— Peut-être, oui. Seulement, ce n'est pas le moment propice, voilà tout. C'est de ma faute, de toute façon. C'est moi qui ai abordé le sujet.

Quelqu'un frappa à la porte.

– Oui?

– Monseigneur de Florencis est attendu.

– Je viens... Je te laisse, Ehrwin. Cherche au fond de toi. C'est là que se trouve la réponse que tu attends.

– Oui, monseigneur. Vous avez raison.

– Garde au chaud la deuxième raison dont tu voulais me parler. Nous en rediscuterons plus tard.

Le cardinal sortit, laissant le jeune prêtre perplexe. La théorie du refoulement expliquerait peut-être pourquoi, dans ses rêves, il se voyait faire l'amour avec un homme... Cependant, il n'avait aucun souvenir d'attouchements avec Dar ou avec un autre homme. Ehrwin resta troublé un long moment avant de reprendre finalement sa lecture.

❀ ❀ ❀

Dar reposa le livre. Il avait déjà tant lu sur la sorcellerie, trois ans auparavant, qu'il en était exaspéré. Ce nouveau volume, récemment publié, n'apportait pas grand-chose de plus. C'était agaçant, en fait. Fallait-il y croire ou ne pas y croire? Il était difficile d'opter pour l'une ou l'autre thèse. Il y avait bien des choses surprenantes dans la vie, et jusqu'à présent, jamais personne n'avait réussi à démontrer que la sorcellerie reposait sur de pures hallucinations individuelles ou collectives. Personne n'avait prouvé, non plus, qu'elle était un fait réel. Alors, que décider?

Dar savait que l'esprit était complexe. Les théories scientifiques expliquaient bon nombre de situations paranormales comme la télékinésie, le fait de parler des langues que l'on ne connaissait pas, les champs magnétiques ou les hallucinations. Bien sûr, la médecine réfutait le paranormal. Pourtant, elle était la première à y être confrontée. En effet, comment expliquer la mort clinique d'un individu qui reprenait vie après plusieurs heures ou même plusieurs jours autrement qu'en acceptant l'existence propre de l'âme? L'homme a toujours eu peur de l'inconnu. Quitter le monde cartésien pour s'aventurer dans un domaine ésotérique effraie. Penser avec sa tête et non avec son corps ou avec son cœur est une discipline difficile qui exige attention, concentration et efforts. Il ne s'agit plus de réactions instinctives, mais de réflexions intenses.

Ce n'était pas la facilité même et, aujourd'hui, les gens cherchaient à éviter le plus grand nombre de difficultés. Alors, l'âme... Une essence fascinante que les gens n'osaient pas «toucher». Ils aspiraient à autre chose, mais ne savaient pas comment l'atteindre. Bien sûr, il y avait les médiums, les voyants et... les charlatans. Ils pullulaient et les religions en étaient remplies. Cela ne les avaient pas empêchés de diriger les peuples, les gens et l'univers, siècle après siècle. On ne pouvait éviter les charlatans. Pourtant, peut-être qu'un jour certaines personnes réaliseraient l'importance de l'âme. Elles accepteraient alors de travailler sur elles-mêmes pour se retrouver: la face du monde en serait modifiée à jamais. Mais qui était prêt à le faire? Dar lui-même possédait un sixième sens que la médecine ne voulait pas reconnaître. Cette étrange sensation de l'autre dans le corps du jumeau. Il était capable de percevoir ce qu'Ehrwin sentait et vice-versa. Il avait lu divers livres à ce sujet et il en parlait souvent avec Ehrwin pour sa thèse. Ce qui les unisssait était vraiment étrange et inexplicable. Comme s'ils étaient liés pour toujours, l'un à l'autre, d'une manière irréfutable. À laquelle ni l'un ni l'autre ne pouvait échapper. Son frère était un peu différent parce qu'il était prêtre. Il avait souvent éprouvé une certaine forme de désir sexuel durant son adolescence pour Ehrwin, mais il avait été troublé par ce sentiment et par le fait que cela ne semblait pas être réciproque. Il avait lu des ouvrages qui mentionnaient une attirance réciproque inéluctable entre jumeaux et, ce, même s'ils éprouvaient l'un comme l'autre des désirs hétérosexuels. Il n'avait pas abordé le sujet avec Ehrwin à l'époque. Ils venaient de perdre leur mère et Ehrwin était rentré dans les ordres ensuite. Comme si cela avait déclenché en lui une foi dont il n'avait jamais parlé auparavant. L'être humain était complexe. Une magnifique machine dont la médecine régénérait les principaux atouts physiques et demeurait perplexe sur tout ce qui était du domaine mental, qui restait pratiquement inconnu.

Dar avait rencontré, en 1992, un homme qui vivait à San Diego, mais qui était d'origine française. Cet homme lui avait appris à se concentrer et à percevoir cette étrangeté qu'on nommait âme. Marc avait trente-cinq ans. Il était sage et charismatique. Une sorte de médium qui lisait les pensées des gens comme on lisait dans un livre ouvert. Il expérimentait ce qu'on appelait le corps astral. Il lui avait été d'une grande aide pour l'affaire Gemini et, depuis, Dar n'avait cessé d'entretenir des relations étroites avec Marc. De plus, il lui apprenait davantage. À se concentrer, à atteindre des stades et des niveaux de concentration qui permettaient de percevoir les choses différemment. D'écouter la musique ou de découvrir un livre en saisissant ce que l'auteur avait pu mettre de lui-même dans son œuvre. À percevoir les gens comme il pouvait ressentir ce que son frère et lui étaient capables de se donner à travers leur étrange complicité. Marc était quelqu'un de formidable. Il le faisait travailler aussi sur ce qui était enfoui en lui. Marc avait senti qu'il s'agissait là d'un terrain fragile. C'est pourquoi ils n'avaient progressé que lentement dans ce domaine.

Et puis, aujourd'hui, Dar réalisa que Marc pourrait peut-être l'aider de nouveau dans son enquête. Qu'il comprendrait sans doute ce qui lui échappait. L'aspect surnaturel que revêtait l'affaire et qui l'empêchait pour le moment d'aboutir. Dar s'empressa de téléphoner à

Marc, pour convenir d'un rendez-vous dans la soirée.

❖ ❖ ❖

Pat avait tout vérifié et rien ne clochait. Il savait, de toute façon, que Gabe n'était pas homme à laisser traîner des informations sur son compte. Quant à l'enquête à proprement parler, eh bien! son équipe ne semblait pas très avancée. D'après les renseignements qu'il avait obtenus, ils étaient même dans le brouillard le plus total. Ce qui énervait Gabe au possible.

Il avait vérifié son emploi du temps des derniers mois et suivait Gabe depuis les consignes de Dar, jour et nuit depuis un mois, maintenant – mais rien ne se profilait à l'horizon. Le seul moyen pour lui d'en savoir davantage serait peut-être de rendre visite à Mary. Après tant d'années, ce ne serait pas facile.

– Oui, oui, j'arrive!

Mary venait d'entendre la sonnette. Elle se dirigea à la porte d'entrée et ouvrit. Elle resta sans voix: Pat était devant elle. Il ne disait rien, la regardait simplement. Elle ne put contenir son émotion. Une larme perla, pour couler le long de sa joue. Elle le fixa longuement sans bouger, sans parler. Lui-même semblait statufié. Il n'avait sans doute pas réalisé quel sentiment il éprouverait lorsqu'il viendrait lui rendre visite. Elle se laissa tomber en avant, tout en logeant sa tête dans l'épaule de Pat. Il la serra dans ses bras.

– C'est si bon de te revoir...

Elle hocha la tête, mais ne réussit pas à articuler un seul mot. Elle ne voulait pas parler. Elle était simplement bien, dans ses bras. Des milliers d'images lui revinrent en mémoire, les unes à la suite des autres. Ces moments fabuleux qu'ils avaient passés, tous ensemble. Et puis les funérailles, où elle s'était rendue sans adresser la parole à personne.

— Entre, finit-elle par dire. Je vais faire du café.

Pat s'installa dans un des fauteuils du salon. Mary revint avec un plateau, deux tasses, du sucre, des petits gâteaux secs et du café.

— Sers-toi.

— Merci.

— Je suis heureuse de te revoir, Pat. J'espère qu'il n'est rien arrivé de grave?

— Non, rassure-toi. J'ai simplement eu envie de te rendre visite.

— La vie est bête, si bête... Je ne sais pas pourquoi Eleonora s'est fâchée contre Gabe, à l'époque...

— Moi non plus. Elle n'a jamais voulu en parler. J'ai bien essayé de savoir, mais j'ai senti qu'il valait mieux laisser tomber, si je voulais la garder près de moi.

— Je ne savais pas que tu n'étais pas au courant non plus...

Elle réfléchit quelques instants, avant de poursuivre:

— Gabe a tenté de noyer le poisson, à l'époque, en me disant qu'Eleonora avait fait toute une histoire de rien. Qu'il n'y avait vraiment aucune raison. Je l'ai cru, alors. Je me demande aujourd'hui si je n'ai pas été dupe. Je ne me pardonnerai jamais de ne pas avoir été à ses côtés, alors qu'elle se battait contre la maladie. Elle était une sœur, pour moi. Une amie, une confidente, presque la moitié de ma vie. J'ai pleuré jour et nuit lorsque j'ai reçu le faire-part. Cela ne servait à rien, je le sais, mais je ne pouvais m'en empêcher.

Elle s'arrrêta.

— Crois-tu que Gabe lui a fait des propositions?

— Des propositions?

— Qu'il voulait coucher avec elle?

— Je... je ne sais pas. Tu crois qu'il aurait fait ça?

— Je l'ignore. Parfois, je doute, je me pose des questions. Léo n'a peut-être pas su comment réagir.

Leo... Cela faisait longtemps qu'il n'avait pas

entendu ce surnom. C'était comme ça qu'il appelait sa femme. Du coup, Gabe et Mary ne l'avaient plus appelée autrement.

— Je crois qu'elle m'en aurait parlé, poursuivit-il. Je n'ai pas compris pourquoi elle s'était renfermée ainsi sur elle-même. J'ai longtemps tenté de trouver une réponse, sans grand succès. Je n'arrivais pas à trouver quelque chose dont la gravité ait pu provoquer une telle colère chez elle. Comment vas-tu, aujourd'hui?

— Gabe est toujours le même avec moi. Pourtant, je sais qu'il garde un secret précieusement caché. Parfois, j'ai peine à vivre, en me disant que ce secret m'a définitivement éloignée de mon amie la plus chère. Et, d'autres fois, je me convaincs que, de toute façon, même si j'apprenais aujourd'hui la vérité, eh bien! cela ne me libérerait pas de ma culpabilité. Jamais je n'oublierai les dernières années de Leo où je n'étais pas présente. Alors, je ne sais plus... Je vis avec ce mal de vivre qui n'a pas l'air de troubler ce brave Gabe. Il vit sa vie. Il s'occupe très bien de moi et compense ses absences par de magnifiques cadeaux ou de beaux voyages. Néanmoins, je ne suis pas heureuse et je ne crois pas que je pourrais l'être un jour, à nouveau. J'en ai voulu à Leo, aussi, à cause de ça. Maintenant, je déplore ma lâcheté qui m'a empêchée d'aller la trouver pour lui demander en face la raison de sa décision de ne plus nous voir. C'est la vie, n'est-ce pas?

Pat fit un signe de la tête, sans répondre. Il était perdu dans ses pensées. Lui aussi aurait aimé connaître la raison, mais sa tendre Leo ne lui serait pas rendue pour autant.

— Gabe est à la maison de bonne heure, le soir. Il est également prévenant et adorable. Il a essayé, des années durant, de me faire oublier cet incident.

— Il ne s'absente jamais?

— Si, pour ces réunions mensuelles à Los Angeles, au L.A.P.D. Et, pour ces quatre jours d'absence, il me couvre de cadeaux.

– Quatre jours?

– Oui! Il part le samedi midi et revient le mardi soir. Il préfère être sur place le dimanche pour préparer ses dossiers. Il ne le fait pas à l'avance pour rentrer tôt, tous les autres soirs du mois.

– Comment vont tes filles?

– Bien. Je m'occupe de mes petits-enfants. Ils sont souvent à la maison. D'ailleurs, ils ne vont pas tarder à revenir de l'école. Tu veux manger avec nous, ce midi?

– Non, c'est gentil. Je dois repartir. Tu sais ce que c'est, le travail... Je n'ai pas besoin de consacrer du temps à quelqu'un. Il n'y a personne, le soir, lorsque je reviens à la maison...

Il regretta aussitôt ce qu'il venait de dire. C'était absurde, gratuit.

Elle ne rétorqua pas, elle baissa simplement les yeux en se pinçant légèrement les lèvres.

– Tu viens bientôt me revoir?

– C'est promis, Mary. Je viendrai plus souvent.

Elle sourit et l'embrassa. Elle aurait aimé qu'il reste plus longtemps. Elle avait tant de choses à lui dire, tant de choses à lui demander... Elle le regarda partir. Elle pleurait.

❊ ❊ ❊

– Entre donc, gredin! Comment vas-tu? Cela fait une éternité que je ne t'ai vu...

– C'est vrai, Marc, mais tu sais qu'un flic n'a pas beaucoup de temps libre.

– Ce n'était pas un reproche, Dar, juste une constatation.

– Je sais, et tu as raison. Je me dois de trouver du temps, afin de t'en accorder. Si je suis venu ce soir, c'est parce que j'ai besoin de ton aide. Tu as entendu parler de l'affaire Turner?

– Le môme qui a été assassiné? Oui, un peu, aux

informations. Tu travailles dessus?

— Oui. Et le problème est que Gemini revendique le meurtre, alors qu'il est en prison. Je pense à quelque chose, mais je souhaiterais que tu me le confirmes. Est-ce que tu peux te concentrer sur lui?

— Viens, on va s'installer dans le salon. Assieds-toi à la table et concentres-toi sur toutes les informations que tu possèdes à son égard.

Dar s'exécuta sans broncher. Marc s'assit en face de lui. Il le vit se concentrer rapidement. C'était extraordinaire! Il en résultait un mouvement étrange de sa tête, qui dodelinait un court moment, avant de se relever vers des cieux imaginaires. Comme s'il était appelé dans l'au-delà, ailleurs, vers quelque chose qui se trouvait au-dessus d'eux. Dar ferma les yeux quelques instants pour faire le vide dans son esprit, comme Marc le lui avait appris. Il pensa ensuite à tous les éléments de l'enquête.

— Cela n'a pas de rapport, commença Marc, mais je vois ton frère. Il est à l'étranger. Il passe un examen?

— Oui. Il présente sa thèse au Vatican.

— Ton frère obtiendra son doctorat sans problème. Il y a, par contre, une ombre maléfique à ses côtés. Quelque chose de puissant qui veut se servir de lui. Il faut qu'il se méfie... Concentre-toi sur Gemini, maintenant.

Marc prit les mains de Dar, posées sur la table. Il les serra quelques secondes, pour s'imprégner de leur chaleur ou des indices qu'il serait seul à percevoir. Dar était toujours très impressionné par ce contact. Marc dégageait un charisme incroyable et ses mains avaient un pouvoir apaisant. Elles transmettaient une sensation indéfinissable lorsqu'il les apposait de la sorte. Dar avait l'impression qu'elles étaient le lien qui menait Marc dans son esprit. Qu'il pouvait ainsi passer d'un corps à l'autre et fouiller dans l'âme de son consultant pour découvrir ce qu'il y cherchait.

— Je sens une ombre, c'est un homme. Du vide. De

l'espace. Un visage. Et puis un deuxième, superposé. Un homme se concentre et pénètre dans un autre corps. Il voyage et sort avec l'autre. Il y a... Il y a... Un... Un...

Marc se mit soudain à dire des mots incompréhensibles de plus en plus vite, de plus en plus affolé. Sa tête fut projetée en arrière, comme s'il perdait son âme, le contact et peut-être même sa vie. Dar se concentra rapidement pour calmer ses esprits. Il fallait aider Marc. Il apposa son front sur celui de Marc et se concentra du mieux qu'il put, avec le maximum d'énergie qu'il était capable de dégager. Marc eut un soubresaut et il tressaillit. Dar lui saisit les mains.

— Reviens, Marc, reviens!

Il serra ses mains tout en apposant le front contre elles.

— Puise l'énergie dont tu as besoin. Prends!

Marc ouvrit ses yeux, qui se révulsèrent aussitôt et perdit connaissance.

Dar le prit dans ses bras et l'allongea sur le canapé. Il respirait lentement et profondément, mais il respirait. Il décrocha le téléphone et appela son ami Terry, le médecin-légiste. Il avait besoin de son aide au plus vite. Terry nota l'adresse de Marc et lui affirma qu'il arrivait sans tarder.

❊ ❊ ❊

Il courait, nu, dans le Vatican, heureux et détendu. Il avait réussi. Il était reçu. Il était le Docteur Kern, à présent. Docteur en théologie et bientôt évêque. Il était seul dans le lieu saint. Il s'imprégnait de l'odeur, de l'âme du transept. Et, malgré la température, il n'avait pas froid. Quelque chose au fond de lui le réchauffait. Quelque chose en lui.

Il avait réussi! Il voulut crier haut et fort, mais il se retint pour ne pas attirer l'attention d'un prêtre qui aurait pu passer par là, malgré l'heure tardive.

Une porte s'ouvrit. Il se cacha derrière une colonne. La situation serait grotesque si on le découvrait nu, dans la nef. Il emprunta une porte sur le côté, qui menait au sous-sol du Vatican. Il n'avait pas de torche et ne désirait pas allumer. Il avança à tâtons, lentement dans le noir. La porte qu'il venait de refermer s'ouvrit derrière lui, laissant entrer une lumière vive. Il se retourna et vit un homme, nu lui aussi. Sans raison, il prit peur et se mit à courir. L'homme, derrière lui, en fit autant.

Il ne prêta pas attention aux couloirs qu'il suivit et l'inévitable arriva: un cul-de-sac. L'homme était déjà là. Il l'entendait haleter et reprendre son souffle. Ils avaient couru vite, durant une bonne dizaine de minutes. Il sentit l'homme le plaquer contre le mur, les bras en croix. Il appliqua son corps contre ses fesses et son dos. Il perçut le sexe de l'homme contre son postérieur. Il le sentit grossir, alors que des mains expertes lui caressaient le dos, puis le torse. L'homme déposa la tête dans son cou et le couvrait, à présent, de baisers. Il ne savait pas comment réagir. Il détestait la situation mais, en même, temps il ne voulait rien faire pour se dégager de l'emprise de cet homme. Qui était-il? Il fallait qu'il le sache. Pour ce faire, il devrait manœuvrer habilement. Il bougea doucement et tenta de pivoter, tout en caressant sa chevelure. Il devenait plus pressant, au fur et à mesure des minutes qui passaient. Il réussit à se tourner complètement. Il était, lui aussi, en érection. L'homme pressa son visage contre le sien et l'embrassa à pleine bouche. Dans la pénombre, il était incapable de distinguer ses traits. L'homme s'agenouilla et commença à sucer son sexe. Il ne pouvait maîtriser la situation. Le plaisir qu'il éprouvait était inavouable, impensable. Il fallait qu'il sache qui était là, avec lui. Il prit la tête de l'homme entre ses mains et la fit pivoter de sorte qu'il soit obligé de le regarder. L'homme était barbu et jeune, beau et élancé.

C'était le corps de Jésus qu'il tenait entre ses mains. Le fils de Dieu lui faisait l'amour!

Ehrwin se réveilla, les larmes aux yeux, les draps trempés et le cœur battant la chamade. Il était en nage et il sentait qu'il avait joui dans ses draps mouillés. Il regarda l'heure: 2 h 20. Il prit sa décision en un éclair, puis se dirigea sous la douche. Il ferait ses bagages ensuite et rentrerait à San Diego par le premier avion qu'il trouverait au départ de Rome, quelle qu'en fût la destination, dût-il traverser le monde et faire mille et une correspondances pour arriver à destination. Il avait un billet ouvert et voulait quitter le Vatican. Quitter le pape. Quitter son ami le cardinal. Éviter les honneurs qui lui seraient rendus, le lendemain, par l'ensemble des prêtres, évêques et cardinaux. Il voulait rentrer. Être seul. Ne plus penser.

❊ ❊ ❊

— Je crois que nous avons affaire à un être puissant. Une sorte de magicien des temps modernes. Une espèce de dédoublement de la personnalité dans deux corps.

— Ce n'est pas très clair, Dar. S'il y a dédoublement de la personnalité, cela veut dire qu'ils sont deux, mais dans le même corps. Deux êtres qui cohabitent dans un corps.

— Oui, mais justement Pat, là c'est différent. Il y a deux corps: celui de Gemini avec sa personnalité et celui d'un autre, appelons-le X. En fait, il semblerait que Gemini incarne son âme dans le corps de X. Ainsi, physiquement, c'est X qui tue, puisqu'il est libre. Mais celui qui commande le corps, c'est Gemini. Il se sert de ce corps comme un nécromant le fait avec un golem[7]. C'est,

---

7. Le nécromant est un sorcier malicieux qui crée, avec de la terre glaise, un corps dans lequel il insuffle la vie, au moyen de diverses incantations. Ce corps, appelé «golem», devient une sorte de serviteur, esclave du nécromant.

en réalité, Gemini qui commet le crime et qui ressent toutes les sensations que cela procure. Il reste le maître absolu de la situation. Tu comprends?

— Non, pas vraiment. Comment en es-tu arrivé à cette conclusion?

— Je suis allé voir mon ami Marc.

— Le médium?

— Oui, c'est ça. Il a eu des visions et a failli y laisser son âme. Il n'arrivait plus à réintégrer son corps.

— Je n'arrive pas à comprendre comment on peut dissocier son âme de son corps.

— C'est un travail de longue haleine, mais si nous nous en donnions la peine, nous pourrions tous le faire. Ce ne sont plus des pratiques communes, de nos jours, mais ça l'a été des siècles durant, dans diverses civilisations. Nous sommes devenus terre à terre, sous le couvert d'explications scientifiques, et nous avons perdu l'essentiel: la présence du Soi dans soi. Et Gemini a compris cela, à un détail près, toutefois: lui a choisi de s'en servir pour détruire, parce qu'il sait qu'il a le champ libre. Trop de gens demeurent sceptiques quant au mysticisme et à l'ésotérisme. Gemini peut ainsi agir tranquillement: le fou, dans l'affaire, c'est moi avec mes théories. Pas lui. Et lui peut tuer paisiblement, sans être trop dérangé.

— Je n'ai pas dit que je ne te croyais pas. J'ai dit que je ne comprenais pas, c'est tout. Et c'est très différent. Comment se porte ton ami, à présent?

— Terry est venu me prêter main-forte. Il va bien. Marc m'a dit qu'il fallait qu'il se concentre de nouveau. Avec une amie, cette fois. Gemini est devenu très puissant mentalement, à première vue. Il maîtrise parfaitement le domaine occulte et son âme ne doit plus avoir de secret pour lui. Il a donc un gros avantage sur nous. Mais Marc et son amie nous aideront en nous indiquant là où le bât blesse.

— De mon côté, je n'ai rien trouvé concernant «Grille

d'égout», pour le moment. Je sais qu'il s'absente à L.A. une fois par mois pour le boulot. Je vais le suivre là-bas. Si je ne découvre rien, je crains que notre homme ne soit intouchable, l'informa Pat.

— Du moment qu'il ne me crée pas d'ennuis, je m'en fous. Je ne veux pas qu'il nous mette des bâtons dans les roues, c'est tout.

— Tu as du nouveau de l'équipe? interrogea Pat.

— Pour l'instant, ils n'ont pas trouvé grand-chose. J'ai orienté leur recherche sur ce que je venais d'apprendre. Il semblerait que la thèse du suicide soit improbable relativement à l'oncle de Ben. Mike a appris qu'il s'apprêtait à quitter San Diego, à la suite du meurtre. Il voulait recommencer sa vie, loin des bruits et de la fureur des souvenirs. Harold est le seul qui ait vu notre «monsieur X», le golem de Gemini. Il l'a donc tué. Gemini a tout vu, car il voit et vit au travers des yeux de son golem. Il ne reste plus qu'à trouver qui est «monsieur X». Une connaissance de Gemini, qui en a fait «sa créature», sans doute. Il faut chercher dans ce sens. Vérifie ce que tu voulais voir avec «Grille d'égout» et tu nous rejoindras ensuite pour l'enquête. J'aurai bientôt besoin de toi.

— O.K.! Pas de problème. Je pars ce week-end pour Los Angeles. Je serai de retour mardi, le 12.

※ ※ ※

San Diego, 7 décembre 1995, minuit.

Il sonna. Il était devant leur porte. Il avait la main en sang. Il devina qu'on L'observait à travers le judas. Une voix masculine L'apostropha:

— Que voulez-vous?

— Je m'excuse de vous déranger à cette heure, mais Je viens de m'ouvrir la main. Je garde la fille de vos voisins d'en-dessous; J'aurais besoin d'aide.

La porte se déverrouilla et s'ouvrit. Il prit Son air le plus tendre et le plus attristé possible. Cela marchait; l'homme avait mordu à l'hameçon. Il pouffait de rire au fond de Lui-même. L'excitation était à son paroxysme, Il adorait ça.

— Je suis vraiment confus.

Il montra Sa main. L'homme Le regardait.

— Eh bien! mon vieux, vous ne vous êtes pas raté. Entrez, on va nettoyer ça.

— Merci et excusez-Moi encore.

— Ce n'est rien, ça arrive à tout le monde.

— Oui, mais ça Me gênait de vous déranger si tard...

— Leslie? Il y a un jeune homme qui a besoin de toi.

— Jim. Je m'appelle Jim.

Ce prénom Lui était venu comme ça, naturellement.

— Enchanté, Jim. Moi, c'est Gordon. Navré de te rencontrer en de telles circonstances.

— Pas plus que Moi!

Jim sortit un revolver de Sa poche, alors qu'Il fermait la porte derrière Lui.

— Allez! Dans le salon!

Gordon recula vers la pièce que Jim lui indiquait. L'appartement était comme la dernière fois à la différence que aujourd'hui, Il le voyait en pleine lumière.

— Mais, qu'est-ce que tu fab...

Leslie vit l'arme braquée sur Gordon.

Un coup de feu retentit, en même temps que le cri de douleur de Gordon et celui d'effroi et de stupeur de Leslie.

Gordon s'était effondré sur le sol. Jim attachait la femme, les mains dans le dos.

— Vous me faites mal. Qu'est-ce qui vous arrive? Calmez-vous. Dites-moi simpl...

Sa voix fut étouffée par un mouchoir que Jim coinça dans sa bouche. Elle gesticulait dans tous les sens. Il la gifla deux ou trois fois, histoire de la calmer. Gordon pleurait, mais ne disait mot. Jim commença à le déshabiller. Il jeta les vêtements dans un coin et contempla ce corps splendide.

Quel gâchis de faire ça avec une femme! Il arracha les vête-ments de Leslie, sans prêter aucune attention à cette silhouette féminine qu'Il dévoilait.

Il opérait chacun de Ses gestes presque machinalement. Comme s'Il avait tout prévu, tout répété tellement de fois qu'Il ne faisait qu'appliquer ce qu'Il avait déjà exécuté. Il sortit une lame tranchante. Il S'essuya la main pleine de sang, révélant qu'il n'y avait aucune blessure. Simplement un simulacre. Il ba-lança Leslie qui tomba et se cogna la tête contre le bras du ca-napé. Il Se retourna soudainement et émascula Gordon d'un coup net et vif. Gordon poussa un cri inhumain et s'évanouit aussitôt. Leslie pleurait. Elle savait qu'elle n'aurait pas la vie sauve. Pourvu que cela ne dure pas trop longtemps; c'est tout ce qu'elle espérait.

Jim vint devant elle. Il avait le sexe de Gordon dans les mains. Il sépara les testicules du pénis. Il bougea légèrement le mouchoir qu'elle avait toujours dans la bouche et y glissa les tes-ticules. Elle voulut hurler, mais elle ne pouvait, bien évidem-ment, pas. Les yeux exorbités, elle L'implorait, Le suppliait. Pourquoi faisait-Il cela? Pourquoi à eux? Elle ne Le connaissait pas, elle en était certaine. Et Gordon n'avait pas semblé Le re-connaître, non plus. Elle Le vit jouer avec le sexe de son amant. Il le tenait d'une main et S'amusait à le décalotter de l'autre.

— Quel gland magnifique, n'est-ce pas? Tu as dû t'amuser, ma salope. Un sacré morceau, le p'tit Gordon!

Il Se précipita sur elle, lui écarta les jambes et lui glissa le pénis dans le vagin. Elle eut un haut-le-cœur. Elle voulut vomir, mais le mouchoir et les testicules l'en empêchaient. Elle ravala ce qui voulait sortir, tout en s'étouffant.

Jim la regardait et riait.

— Crève, putain! Crève!

Il lui trancha les mamelons et les lui plaça sur les yeux.

— Vous avez été parfaits, mes trésors. Performance exem-plaire, ce soir!

Il bougea deux ou trois meubles, pour que la ressemblance soit totale. La pièce était magnifique. Il plongea Ses mains dans le bas-ventre de Gordon et appliqua le sang contre les murs et le plafond, transformant la pièce en antichambre macabre.

Il était heureux. Ce cadeau était le plus beau qu'Il ferait à Dar. Le plus beau qu'Il ait jamais fait. Tout simplement. Et Il savait que Dar y serait sensible. Très sensible!

— Mon trésor, c'est pour toi. Pour toi, uniquement.

Il sortit de l'appartement et récupéra le bidon d'essence. Il en aspergea toutes les pièces, sauf le salon, pour que Dar puisse trouver son cadeau intact.

— Allô! Les pompiers?

— Oui?

— C'est pour signaler un incendie. Au 3680, 17th Street.

Il lâcha le combiné en même temps que l'allumette. Il sourit et contempla encore quelques instants Leslie et Gordon, Ses amours.

Son cadeau.

Deuxième partie

SANG POSSÉDÉ

− 4 −

Dar grimpa les marches quatre à quatre, jusqu'au dernier étage. Suite à l'incendie, l'ascenseur ne fonctionnait plus. L'odeur de brûlé avait envahi la totalité de l'immeuble, malgré le peu de dégâts. Il y avait eu un appel anonyme et les pompiers étaient intervenus avant que le feu ne puisse se propager au reste de l'immeuble. Seul l'appartement du dernier étage avait été endommagé et en partie, seulement.

La porte était ouverte. Les pompiers avaient quitté les lieux, maintenant qu'il n'y avait plus de risque. Il entra d'un pas décidé. Le couloir semblait intact. La cuisine et la salle de bains étaient, par contre, méconnaissables. Elles avaient été dévastées par les flammes. L'odeur le dérangeait, mais il avait connu pire. Il avança jusqu'au salon pour découvrir l'horreur de la situation. En un instant, ses yeux enregistrèrent la scène. Le feu avait détruit une partie des meubles, les rideaux et quelques objets épars. L'exhalaison était, ici, insoutenable. Le mélange de cramoisi, de suie froide et de sang avait quelque chose d'enivrant. Il ferma les yeux quelques secondes.

Cette puanteur ne lui était pas étrangère. Des bribes de son passé s'éveillaient lentement. Il le sentait. C'était enfoui dans son subconscient, sans doute. Il rouvrit les yeux et contempla le terrible spectacle. Les murs avaient été barbouillés de sang. De grandes traînées, faites à la main. Des mains qui avaient probablement trempé dans les victimes. Une femme et un homme.

Son attention fut attirée par la disposition de chaque élément: le salon, les meubles, les victimes, le sang et les meurtres. Les images se superposèrent malgré lui. Il dut quitter sur le champ le salon, pour vomir dans le couloir. Il était plié en deux et haletait. Sa respiration, d'abord courte et hachée, devint longue et difficile. Les images du passé ressurgirent complètement, pour envahir l'intégralité de son esprit.

C'était en novembre 1985. Le 7, plus précisément. Il avait oublié ces images depuis longtemps, ne voulant pas y penser. Malgré les douleurs, il s'était levé. À cause des effluves. Il titubait et marcher lui était insupportable. Mais il avait réussi à regagner le salon. Ombeline, sa mère, était là, étendue sur le sol, nue, un mouchoir dans la bouche. Il avait remarqué qu'elle avait un pénis dans le vagin. Celui de Yann, qui était un peu plus loin, une balle dans le genou et le sexe tranché. Yann était beaucoup plus jeune qu'Ombeline, mais elle avait semblé heureuse avec lui. Elle avait eu divers amants, avant de se stabiliser avec lui. Lorsque Dar était entré dans le salon et qu'il avait découvert ce macabre décor, il s'était évanoui. Les pompiers étaient intervenus peu de temps après; c'est pourquoi il avait été sauvé.

Aujourd'hui, quelqu'un avait perpétré ce double meurtre avec la ferme intention de lui rappeler son passé. De raviver des blessures anciennes et oubliées.

Il prit peur. Une larme coula furtivement le long de sa joue. Il ne voulait croire à un pareil machiavélisme. Pourquoi?

L'hypothèse qui émergea l'effraya. Un seul être vivant à San Diego connaissait l'existence de cette scène. Un seul être, avec lequel il n'en avait jamais parlé. Parce que, juste après, leurs chemins s'étaient différenciés. Dar avait quitté Paris et était venu vivre à San Diego. Ehrwin, lui, était entré dans les ordres. Ehrwin pouvait-il être un tueur?

Dar se recomposa un visage et décida de retourner dans le salon. La scène était, au détail près, similaire à celle dont il avait été témoin quelque dix années plus tôt. Pourquoi ne pas avoir alors respecté la date du 7 novembre? Parce que, ce mois-là, Gemini avait besoin de la date pour sa douzième victime? Gemini était-il l'instigateur de ces nouveaux meurtres ou s'agissait-il de toute autre chose? Comme pour apporter une réponse à sa question silencieuse, son regard se posa sur le mur gauche du salon. Inscrit en lettres de sang, il put y lire: «Apprécies-tu, mon trésor?»

Dar appela au talkie-walkie:

— Venez faire le ménage là-haut. Je ne veux pas de journalistes. Et vous me faites ça vite, il n'est pas question que ça traîne!

Il descendit les escaliers et rentra chez lui. Il avait besoin de réfléchir et d'en parler avec Dana.

* * *

Pat se réveilla avant même que le radio-réveil ne se mette en fonction. Il annula l'alarme et se prépara. Nous étions samedi matin, quelques minutes avant 8 h. Le jour J était arrivé. Le week-end de filature allait commencer paisiblement.

C'est vers 11 h qu'il se rendit devant chez Gabe. Celui-ci était déjà sur le pas de la porte. Mary l'embrassait. Il se dirigea vers sa voiture et rangea sa valise dans le coffre. Pat pensait qu'il aurait eu du temps; Mary lui avait dit que Gabe partait le samedi après-midi. Heureusement qu'il était arrivé avant! Gabe démarra et s'engagea en direction de la Freeway 5, qui menait à Los Angeles.

Après à peine deux heures de route, ils atteignirent Los Angeles, cette ville mythique. Pat n'aimait pas cette superficie tentaculaire. Ces nombreux kilomètres d'autoroute dans la ville, ces immenses quartiers et ces rues sans fin... Non, vraiment, San Diego était bien plus calme, plus agréable. Cependant, il ne venait pas ici pour s'amuser. Il doutait fort que Gabe puisse venir deux jours avant ses réunions dans la ville pour «préparer» ses dossiers. Gabe avait probablement une activité illicite dont il ne voulait pas parler à sa femme. Une maîtresse? Une histoire de drogue? De l'argent qu'il touchait d'un quelconque réseau? Tout cela lui semblait plausible, bien que Gabe n'eût jamais trempé dans aucune action illégale à l'époque où ils étaient amis. Mais, avec le temps, tout le monde change. Gabe comme les autres.

Il le suivait toujours à bonne distance, lorsqu'il le vit se garer sur Hollywood Boulevard. Pat n'en crut pas ses yeux: Gabe entra avec sa valise au *Hollywood Roosevelt*! La chambre devait valoir environ cent dix dollars la nuit, par personne. Peut-être même un peu plus. Gabe se prenait pour une star! Le *Roosevelt* avait été construit en 1927. Cette année-là, précisément, il servit de décor pour la première cérémonie des Oscars. C'était un palace qui avait abrité les plus grandes vedettes du cinéma: acteurs, producteurs, mais aussi personnalités littéraires. Était-ce aux frais de la princesse ou de sa poche que Gabe descendait là? Mystère. De toute manière, on ne pouvait pas dire qu'il était sobre dans son choix. Pat gara sa voiture et décida d'attendre quelques instants avant d'aller jeter un coup d'œil dans l'hôtel.

Il ne fut pas déçu. On se croyait bel et bien au cinéma. Toutes les extravagances d'une société de débauche et d'excès s'affichaient, sans honte, dans le hall. Un décor hispano-mauresque, avec plafonds peints, grilles de fer forgé et marbre blanc, avait été minutieusement restauré. C'était du plus bel effet. Pat ne put s'empêcher de sourire. En mezzanine, toute l'histoire du cinéma était retracée grâce à divers objets-cultes (caméras, ombres, photos, affiches); et à gauche de la réception, un immense tableau représentait *La bataille d'Austerlitz*. Y figuraient: Douglas Fairbanks, Charlie Chaplin, consolé par Marion Davis, Napoléon et Von Stroheim! Le summum du mauvais goût et du ridicule...

Gabe n'était plus là. Il avait, sans aucun doute, dû rejoindre sa chambre pour déballer quelques affaires. Pat ressortit et attendit patiemment dans sa voiture. L'attente ne fut pas bien longue. Gabe venait d'émerger du palace et s'apprêtait à marcher sur Hollywood Boulevard. Il alla directement devant le *Mann's Chinese Theater* et vérifia l'horaire d'un film. Pat n'en discerna pas le titre mais, à première vue, la séance n'était pas pour tout de suite. Il continua donc de le suivre. Magasins, librairies s'enchaînèrent. Il acheta une lingerie féminine, sans doute pour Mary. Cela conforta Pat dans ses suppositions. Primo, il n'était pas en train de travailler dans sa chambre d'hôtel. Secundo, il achetait un petit cadeau à sa femme pour justifier ses absences. Tableau classique et on ne peut plus pitoyable. Visiblement, ses «activités illicites» étaient des activités nocturnes. Pour le moment, il semblait vouloir tuer le temps. C'est pourquoi il revint vers le cinéma et se glissa dans une salle. Pat s'acheta de quoi se restaurer un peu et patienta durant deux heures. Il ne voulait pas s'insinuer dans la salle, de peur de tomber sur Gabe par inadvertance. Et il ne se risquerait pas à bouger, de peur qu'il ne quitte la salle avant la fin de la séance. Mais Gabe n'en fit rien.

Il regagna son hôtel vers 19 h. Et en ressortit deux heures plus tard. Il était habillé différemment. Très jeune, décontracté, avec un jeans. Il s'était coiffé en arrière. Il fallait bien l'avouer, c'était un homme plein de charme. Pat n'avait plus aucun doute; il allait, bien évidemment, à un rendez-vous galant. Cette fois, il prit Hollywood Boulevard dans l'autre sens. Il était à pied et marchait d'un pas lent. Il prit Fairfax Avenue en direction de Santa Monica Boulevard. Pat le suivit en voiture à bonne distance. Gabe n'était pas stressé, il ne regardait pas derrière lui et son pas demeurait détendu.

* * *

Ehrwin prit sa voiture et quitta San Diego Avenue, où se trouvait l'église de l'Immaculée Conception dans la vieille ville, pour se rendre par la Freeway 5 dans le centre-ville, au centre hospitalier. Il avait menti à son ami le cardinal de Florencis. Il lui avait téléphoné et lui avait expliqué qu'un des patients de l'hôpital central, atteint du sida, le réclamait de toute urgence. Comme, avait-il ajouté, il était en phase terminale, il avait quitté Rome sans plus attendre. Il ne savait pas si Lorenzo-Lukas l'avait cru, mais cette histoire était tout à son honneur. Malgré les congratulations qui l'attendaient, il avait préféré voler au secours d'une âme mourante.

Il se rendait, à présent, auprès dudit malade. Il irait ensuite rendre visite à diverses autres personnes atteintes de la maladie, mais non hospitalisées. Une organisation se chargeait de réinsérer les personnes malades dans la société ou de les loger à deux ou trois, dans de grands appartements.

Il arriva au centre et se gara. Il alla directement à la chambre de John. Lorsqu'il y fut, il eut la désagréable surprise de voir que ce n'était plus John qui l'occupait. Il savait pertinemment ce que cela signifiait. Il regrettait de ne pas être venu plus tôt pour le saluer une dernière fois. John avait été admirable, dans son combat. Se sachant perdu, il ne combattait plus pour lui-même, mais pour les autres. Il avait été digne et humain jusqu'au dernier moment bien que, d'apparence, il eût perdu toute son humanité, comme il se plaisait à le faire remarquer. Il avait fait preuve d'un incroyable don de soi durant des moments difficiles autant pour lui que pour les autres. John avait été ce que l'on appelait une «folle». Extravagante et provocante, parce que provocatrice. Il aimait se maquiller, jouer et interpréter mille et un personnages, tous plus féminins, plus sensuels et plus fous les uns que les autres. Alors qu'il souffrait le martyre, il faisait rire toute l'équipe d'infirmières et de médecins, ainsi que les autres malades. «La vie est une longue fête qui finit dans la débauche d'un soir empli d'alcool», avait-il souligné un jour qu'ils discutaient ensemble. Ehrwin aimait profondément John. Il n'avait jamais rencontré quelqu'un d'aussi généreux, bon et dévoué. Un être songeant aux autres, à la cause avant tout homosexuelle et au combat contre le fléau qui touchait cette communauté. Il s'était toujours moqué des «qu'en dira-t-on». Seuls son instinct et sa fierté le guidaient. Aujourd'hui, Ehrwin ressentait un grand vide. Une absence indéniable.

— John est parti, mon père.

— Je le vois, Amy. Je le vois.

— Il vous a appelé toute la nuit jusqu'au matin, avant de s'éteindre. Il voulait vous embrasser, nous disait-il. Il vous aimait, mon père.

— Moi aussi, Amy, je l'aimais.

— Non, je veux dire vraiment, mon père. Il m'expliquait qu'il voulait vous embrasser parce que vous étiez le plus bel homme qu'il eût jamais rencontré. Que vous étiez jeune et beau et que c'était un terrible gâchis d'être prêtre. Qu'être dévoué et gentil n'était pas réservé aux prêtres. Que vous auriez pu être un homme merveilleux, avec de fabuleux amants!

Ehrwin sourit.

— Sacré John... Ironique et coquin jusqu'au bout.

— Non, mon père. Il était étrangement sérieux lorsqu'il m'a confié cela. Serein et calme. Il ne riait pas. Il n'avait pas le même ton que de coutume. J'étais très surprise de l'entendre parler ainsi. J'étais surtout frustrée de ne pouvoir exaucer son dernier vœu qui était de vous voir et de vous parler.

Ehrwin était troublé et préféra changer de sujet.

– Comment s'appelle notre petit nouveau?

– Kevin, mon père. C'est une jeune recrue, il a eu dix-sept ans hier. Il a été contaminé par voie sanguine.

– Comment cela s'annonce-t-il?

– Pas très bien, hélas! Il dort, pour le moment. Il souffrait beaucoup, alors je lui ai donné un calmant.

– Je vais dire bonjour aux autres patients. Je dois ensuite passer à l'Association. Je reviendrai voir Kevin plus tard dans la soirée. Peut-être sera-t-il en mesure de me parler?

– D'accord, mon père. Je vous laisse, j'ai du travail.

– Merci, Amy. À ce soir.

✲ ✲ ✲

Dana sentait bien que Dar n'était plus le même. Il était arrivé en larmes. Elle ne l'avait jamais vu dans cet état. Au début de leur mariage, ils avaient beaucoup parlé de la mort de ses parents. Dan Kern était mort en novembre 1975, d'une crise cardiaque. Les jumeaux n'avaient alors que cinq ans et lui trente-deux. Un bien jeune âge pour mourir – il avait peut-être eu la chance de ne pas souffrir d'une longue maladie. Les enfants n'avaient guère de souvenirs de leur père, ils avaient plutôt connu les amants de leur mère.

Ce fut en 1963 qu'Ombeline Dubreuil, jeune étudiante française de dix-neuf ans, vint perfectionner son anglais pour une année, à San Francisco. Elle travaillait à cette époque au pair. Elle fit très vite la connaissance de Dan, qui était étudiant en droit. Lui avait vingt ans et ce fut le coup de foudre immédiat entre les deux jeunes gens. Ombeline retourna en France, son année achevée, et revint deux mois plus tard pour se mettre en ménage avec Dan. Elle l'épousa en 1965 et, le 3 octobre 1970, naquirent deux superbes garçons, Darwin et Ehrwin.

Cinq ans après le décès de Dan, en 1980, Ombeline décida de rentrer en France. Des contacts lui assurèrent une superbe place dans le prêt-à-porter, qui lui permit de jouir d'une situation très confortable. Elle rencontra Yann, un homme charmant avec lequel elle sembla trouver le bonheur et qui s'entendait parfaitement avec les jumeaux. La vie était belle et rien ne semblait vouloir troubler la quiétude de la petite famille. Ombeline ne voulait pas se remarier et ne désirait plus d'enfants. Elle était très catégorique à ce sujet. Visiblement, Yann y trouva aussi son bonheur, même si, parfois, le sujet d'un éventuel enfant était abordé. Mais Ombeline n'en démordait pas: deux garçons lui suffisaient amplement. Et puis, en novembre 1985, ce fut le drame. Dar n'avait alors que 15 ans. Dana se souvint que lorsqu'elle le rencontra, trois ans plus tard, toute jeune recrue de la police de San Diego, Dar était un jeune homme perturbé et fragile. Elle fut émue immédiatement. Peu lui importait d'être plus âgée que lui. Il avait beaucoup parlé de novembre 1985, parce qu'il avait besoin d'exorciser ses terreurs et ses cauchemars. Il lui avait raconté qu'il avait été ligoté sur son lit, complètement nu. Il se souvenait de très peu de choses, en fait. Il s'agissait d'impressions plus que de faits réels. Des cris, des pleurs, des inquiétudes, aussi. Il se remémorait des bruits de déchirure de vêtements, d'un coup de feu et de cris inhumains. Sa mère avait essayé de dialoguer avec le meurtrier, mais en vain. Yann avait hurlé à deux reprises. Des cris de bête abîmée, perdue, détruite. Et puis il y avait eu un long silence. Peut-être s'était-il évanoui ou bien était-ce son subconscient qui avait effacé certaines scènes de sa mémoire? Ce dont il se rappelait, c'était l'immensité de l'horreur de ce qu'il avait découvert lorsqu'il avait repris conscience. Une odeur insupportable de brûlé et une fumée épaisse avaient commencé à envahir sa chambre. Il avait alors réussi à défaire ses liens et s'était levé péniblement. Il avait découvert le salon, comme on assiste, la première fois, à une séance vaudou. Il n'avait pu croire ce qu'il voyait ou, plutôt, ce qu'il discernait. La fumée l'avait fait pleurer et empêché de progresser plus avant dans l'appartement. La porte de la chambre de son frère était fermée. Les corps de sa mère et de son beau-père gisaient sur le sol. L'un atrocement mutilé, l'autre simplement étendu. Il n'avait pu vérifier comment son frère allait, ayant perdu connaissance au milieu des flammes.

Il lui avait raconté cette scène plusieurs fois. Et, petit à petit, il avait fini par pouvoir en parler sans être agité ou anxieux. Les pompiers l'avaient trouvé inconscient et il ne s'était réveillé qu'à l'hôpital. Lorsqu'il avait posé des questions, on lui avait dit que seuls lui et son frère en avaient réchappé. Il voulut voir Ehrwin, mais il n'était pas dans le même hôpital. On ne tint pas à lui en donner la raison et il était trop perturbé, à l'époque, pour y réfléchir plus précisément. Une fois sorti, il lui fallut régler tous les problèmes que l'accident et les meurtres avaient laissés derrière eux. Une cousine, venue des États-Unis, vint l'aider. Lorsque Dar réalisa qu'il n'avait pas de nouvelles de son frère, il se décida à le chercher. Il mit plusieurs semaines avant de retrouver sa trace. Ehrwin était entré au séminaire. Dar était allé le voir, mais Ehrwin n'était plus le même. Il ne parlait plus. Le prêtre responsable du séminaire lui précisa qu'Ehrwin écrivait, mais ne prononçait plus un mot. Sans saisir la raison de son silence, Dar ne put rien en tirer. Il ressentit un immense vide au fond de lui et ne comprit jamais pourquoi Ehrwin n'avait pas désiré parler de ce terrible accident dont ils avaient été les victimes.

Après quelques semaines, Dar avait pris la décision de partir avec sa cousine. Il avait alors averti Ehrwin qu'il allait vivre aux États-Unis. Là-bas, il lui avait écrit régulièrement pour lui expliquer ce qui se passait.

Finalement, une année plus tard, il reçut des réponses à ses lettres. Ehrwin ne fit jamais mention de ce qui s'était produit et Dar respecta ce silence. Lorsqu'enfin Ehrwin vint s'installer à San Diego, plusieurs années après, ils n'en parlèrent pas. Dar aurait sans doute souhaité évoquer certains souvenirs, mais, comme il l'avait longuement fait avec son épouse, il préféra ne plus revenir sur ces événements passés, qu'il avait fini par ranger dans un des «tiroirs» de sa mémoire.

Aujourd'hui, Dar rentrait avec cette fragilité dans le regard qu'elle lui connaissait si bien.

– Quelqu'un s'amuse avec moi, Dana. Je n'avais pas réalisé, le mois dernier, que le meurtre de Ben Turner avait eu lieu le 7 novembre 1995. Dix ans, jour pour jour, après ce que tu sais. Une date anniversaire que seuls toi, Ehrwin et moi connaissons. Et puis hier, il y a eu un nouveau meurtre, encore signé Gemini, même si maintenant il a fini son cycle zodiacal.

– Et?

– Eh bien! il y a eu deux victimes. Leslie Reeve, une femme de quarante et un ans a été retrouvée dans son salon. Elle est morte étouffée dans sa vomissure, un mouchoir et des testicules dans la bouche et un pénis dans le vagin.

À ces mots, Dana comprit immédiatement. Leslie était une Ombeline allégorique. Elle ne fut pas surprise d'entendre la suite.

– Gordon Nielsen était étendu à ses côtés, une balle dans le genou et le sexe tranché. Il y avait du sang partout sur les murs et le feu avait ravagé une partie de l'appartement. Ah oui! il y avait aussi un petit message pour moi: «Tu apprécies, mon trésor?»

Dana ferma les yeux. Elle craignait ce que Dar allait dire. Elle ne pouvait y croire, mais elle le pressentait.

– Il n'y a que deux personnes qui puissent connaître cette scène en détail, Dana: l'assassin et Ehrwin.

— Mais pourquoi aurait-il fait cela, Dar? Je ne peux imaginer Ehrwin en assassin. Et ça ne collerait pas avec le passé.

— Je n'en sais rien, Dana. Peut-être est-ce lui qui a commis ce double crime dix ans plus tôt? L'assassin et Ehrwin ne seraient qu'un.

— Mais pourquoi, enfin? C'est de ton frère dont tu parles. Je ne peux pas me faire à cette idée. Je ne peux pas.

— Crois-tu donc que j'y parviens? Cela m'arrache les entrailles d'avoir des pensées qui me suggèrent de telles horreurs. Il n'y a rien au monde que je ne souhaiterais plus: que la solution soit toute autre. Je ne prétends pas qu'il soit coupable; je me dis que je n'ai pas le droit de ne pas y penser. Même s'il s'agit de mon frère jumeau, d'une partie de moi. Un élément me permettra sans doute de démentir cette possibilité. Je pense qu'Ehrwin est toujours vierge et je ne vois pas comment il pourrait avoir le sida. À moins que le meurtrier l'inocule à ses victimes par un autre moyen que celui de la transmission sexuelle ou qu'Ehrwin ait contracté la maladie sans s'en apercevoir, auprès d'un des malades dont il s'occupe.

Il évoqua le fait qu'un des gardes de Gemini lui avait confié qu'un prêtre était venu le voir plusieurs fois en prison. Si «monsieur X» était Ehrwin, tout s'expliquait. S'il ne l'était pas, alors «monsieur X» faisait en sorte que Dar croie en la culpabilité de son jumeau.

Dar était bouleversé, Dana le voyait bien. Maintenant, elle savait que cette enquête allait détruire et tuer autour d'elle. Elle flairait aussi que Dar y laisserait forcément des plumes ou peut-être davantage. Son âme sûrement ou du moins, une partie.

Elle se serra contre lui et l'embrassa. Elle désirait qu'il la serre très fort à son tour.

Quelqu'un frappa à la porte. Dana sursauta.

— Ce doit être Marc.

— Marc?

— Oui. Il devait passer pour me présenter une amie à lui. Il veut faire des recherches approfondies sur Gemini. À propos, lorsque je suis allé chez Marc la dernière fois, avant de voir des images concernant Gemini, il a eu une vision d'Ehrwin. Ça pourrait être un signe, non?

Il se dirigea vers l'entrée et ouvrit. C'était bien Marc et son amie Maggie. Les présentations faites, Marc, Maggie et Dar s'installèrent autour de la table du salon. Dana préféra ne pas déranger le groupe. Elle salua donc les deux nouveaux venus et monta à l'étage, ranger quelques affaires.

— J'ai expliqué à Maggie la situation. Nous allons nous concentrer tous les deux en même temps; nous obtenons ainsi un meilleur résultat. Nous souhaiterions que de ton côté, tu te concentres sur Gemini et, éventuellement, sur un double.

— Dar, intervint Maggie, je sens que vous avez déjà des soupçons. Il faut éviter d'y penser, cela pourrait influencer nos concentrations respectives.

Dar la regarda, intrigué. Elle lisait dans ses pensées. Il fallait qu'il fasse le vide au plus vite.

— C'est exactement ce que j'allais vous demander, Dar.

Elle le dévisageait avec un large sourire. Maggie était une femme étonnante. Elle devait avoir une quarantaine d'années. Très grande et fort charismatique, elle en imposait. Avec son regard pénétrant, elle respirait la bonté et le pouvoir occulte. Dar cessa de l'observer et se concentra. Maggie et Marc se tenaient les mains. Ils étaient visiblement en première phase de concentration. Maggie ouvrit les yeux la première et fixa un point invisible au plafond. Dar tenta de percevoir ce qu'elle scrutait, mais n'y parvint pas. L'atmosphère se refroidit soudainement. L'ambiance était différente. Là, il le sentait parfaitement.

Il avait même la sensation d'une présence.

— Maggie est en train de s'introduire, par l'entremise de tes pensées, dans l'esprit de Gemini, commenta Marc. Je t'expliquerai ce que nous faisons au fur et à mesure. Maggie ne parlera pas, elle préfère agir.

Un froid glacial envahit les lieux. Dar frissonna, tout en comprenant qu'il lui fallait préserver sa concentration, afin de faciliter le parcours de Marc et de Maggie.

— À présent, Maggie est avec Gemini. Il sait que quelqu'un essaie de pénétrer son esprit. Il est conscient que nous sommes deux et que tu es avec nous, Dar. Il me demande de te dire: «Bonjour, trésor». Il combat Maggie de toutes ses forces, mais, à nous deux, nous pourrons l'avoir.

Marc se tut un instant. Dar remarqua qu'il semblait en difficulté, comme s'il luttait avec toute l'énergie dont il était capable. La pièce était soumise à une terrible tension et à une pression presque palpable. Dar sentait qu'un incident grave pouvait se produire. Maggie tendit l'une de ses mains pour attraper celle de Dar. Il comprit qu'elle voulait qu'ils forment un cercle en se tenant la main. Il s'exécuta.

— Maggie vient de pénétrer son esprit. Gemini ne tue pas, Dar, il reste bien dans sa cellule. Néanmoins, il a réussi à trouver un allié. C'est l'AUTRE qui tue et Gemini dédouble son esprit pour assister aux meurtres. Pour les exécuter, en fait. L'AUTRE lui laisse volontairement la place dans son corps, afin que Gemini puisse ressentir ses faits et gestes. C'est Gemini qui tue, mais dans le corps de l'AUTRE.

— Qui est l'AUTRE? ne put s'empêcher de demander Dar.

— L'AUTRE est aussi un tueur. Il a conclu un pacte avec Gemini pour qu'ensemble ils puissent...

Marc s'interrompit et s'écroula par terre, brisant le cercle de concentration. Maggie hurla. Un cri inhumain, proche de celui que Yann avait poussé, dix années plus tôt, au moment des meurtres. Dar en fut épouvanté. Il restait figé, droit comme un «i» sur son siège. Dana arriva en courant de l'étage, découvrant ce qui se passait en bas. Marc était évanoui, Dar statufié et Maggie semblait délirer seule, en ponctuant des phrases incompréhensibles de cris inquiétants et terribles, provenant des tréfonds de son âme.

Elle parvint en bas de l'escalier et ne sut par quel bout commencer.

– Dar, chuchota-t-elle. Dar, mon chéri, tu m'entends?

Elle passa sa main lentement et délicatement sur le front de son mari. Il cligna des yeux et respira profondément.

– Dar? Tu es là?

Il prit la main de sa femme et l'embrassa.

– Oui, c'est bon, maintenant.

Il vit alors l'état de ses deux amis. Il se précipita sur Marc.

– Essaye de calmer Maggie, veux-tu?

Dana s'approcha de la femme qui gesticulait dans tous les sens sur sa chaise et qui continuait ses incantations bitonales.

– Marc ne respire plus, Dana. Il... est mort.

Le visage défait, Dar lui fit du bouche-à-bouche, mais en vain. Dana avait réussi à calmer Maggie. Elle ne disait rien, ni ne bougeait, d'ailleurs. Dar appela du secours et tenta de ranimer son ami. Maggie se mit à débiter des phrases avec vélocité:

– L'AUTRE est venu prêter main-forte à Gemini. Par le biais de la concentration, il a tué Marc et m'a chassée de l'âme de Gemini. Il est très puissant, Dar. Très puissant. Je ne crois pas que ce soit Gemini qui se serve de l'AUTRE pour tuer. Non. C'est l'AUTRE qui emmène Gemini avec lui, parce qu'il l'a ainsi décidé.

Elle se tut soudainement.

Les secours arrivèrent peu après. Ils transportèrent Marc et Maggie dans l'ambulance. Dar les accompagna. Dana resta seule à la maison, interdite, les yeux dans le vague.

* * *

Parvenu au Santa Monica Boulevard, il se dirigea vers le 8737, où il entra. Pat gara la voiture. Le 8737 était un bar, *The Normandie Room*. Pat était dépassé par la situation; ça semblait être un bar homo. Qu'allait donc foutre Gabe dans un lieu pareil? Il y menait une enquête ou s'agissait-il d'un vice caché? Pat hésita un court instant avant de se décider d'entrer dans le bar. Il y avait beaucoup de monde. Pat ferait en sorte de rester dissimulé aux regards de Gabe.

Finalement, il poussa la porte d'entrée. L'ambiance était chaude, là-dedans. Il n'y avait bien sûr que des hommes, plutôt jeunes et beaux. Malgré la fraîcheur extérieure, ils étaient tous en t-shirt. C'était une véritable étuve. Il ne voulut pas aller trop loin dans le bar, de peur de rencontrer Gabe. En fait, il le repéra assez facilement. Il était à une table, en retrait. Il y avait un homme d'une cinquantaine d'années avec lui, très apprêté et efféminé. Pat se mordit les lèvres pour ne pas rire. Il n'avait rien contre les homosexuels, chacun vivait la vie qu'il désirait. Mais les folles le faisaient rire. Et de savoir Gabe dans un semblable endroit le faisait davantage rire. Pas question de s'esclaffer ici, bien sûr. Cependant, il ne put retenir un sourire. Un jeune homme face à lui, cependant, crut que celui-ci lui était destiné. Il s'avança à la table de Pat.

— Salut!

— Salut!

— Eh bien! t'es pas très bavard, l'ami. Moi, c'est Steve. Et toi?

– Pat.

– Tu attends quelqu'un? demanda Steve, ou je peux m'asseoir à ta table?

– Non, je n'attends personne. Tu peux t'asseoir, si tu veux.

– Ah! bah! voilà, je préfère ça. Tu es un grand timide, alors.

– C'est ça, oui. On ne peut rien te cacher, dis donc, répondit ironiquement Pat. Tu n'es pas effrayé par mon âge?

– Non. Moi, j'aime la maturité chez un homme.

Pat commanda une bière, Steve un Bloody Mary.

C'était étonnant. Steve devait avoir vingt ans, tout au plus. Il était très beau, avec un visage félin et de magnifiques yeux en amande couleur aigue-marine. Il n'était absolument pas efféminé et rien n'aurait laissé présager qu'il était homosexuel. Rien, excepté le lieu où il se trouvait et ce qu'il y faisait. Les hommes présents étaient là pour draguer et pour passer la nuit avec un autre. Ils iraient chez l'un ou chez l'autre et ce serait fait.

– Tu ne cherches pas la stabilité?

– À mon âge? Mais je n'ai pas vécu encore.

– Et la maladie? Tu n'en as pas peur?

– Comme tout le monde. Je prends mes précautions, c'est tout. Je ne pratique que le «safe sex».

– C'est pas très drôle d'être jeune à votre époque.

La discussion s'orienta sur la maladie, puis sur les goûts de Steve en matière d'amour. Pat écoutait d'une oreille distraite et jetait des coups d'œil discrets pour vérifier ce que faisait Gabe. Ils étaient installés, lui et l'homme avec qui il avait rendez-vous, face à un écran de télévision qui diffusait sans doute des images pornographiques. Gabe semblait se rincer l'œil. L'homme à sa table se leva, Gabe le suivit. Ils se dirigeaient vers la sortie.

Pat fit tomber un morceau de papier et prit son temps

pour le ramasser. Il vit les pieds de Gabe passer devant lui. Il pouvait se relever à présent, il était sorti. Pat se leva d'un bond et s'éclipsa.

— Tu ne restes pas? demanda Steve, étonné de voir son compagnon le laisser ainsi sur place.

Pat ne répondit pas, il était déjà à l'extérieur. Steve haussa les épaules et changea de cible...

Gabe montait dans la voiture de l'homme. Pat se précipita à la sienne et les suivit. L'homme conduisait en direction de Beverly Hills. Ils passèrent devant plusieurs propriétés somptueuses. Les villas se succédaient en se distinguant à peine les unes des autres. Ce fut devant l'une d'elles qu'ils s'arrêtèrent. Gabe et l'homme descendirent et s'orientèrent vers la maison. Pat attendit quelques instants et fit le tour de la demeure. Il les trouva assis, tous les deux, dans le salon. Pat les observait par la fenêtre. Ils discutaient. Il n'y avait rien de compromettant ou d'ambigu dans leurs gestes. Si l'homme était le propriétaire des lieux, ce qui semblait être le cas, il devait être immensément riche. Il roulait en Jaguar XJS, était habillé de très belles étoffes et sa résidence était décorée avec faste. Le salon à lui seul valait le détour. Pat n'en discernait pas la moitié mais c'était amplement suffisant pour se faire une idée. Tout était rouge et or, presque baroque. Pourtant, de ce qu'il apercevait, rien n'était kitsch ou surfait. Simplement riche et raffiné. Et l'homme ne cachait pas son opulence.

Il se dirigea vers un objet ancien et esthétique que Pat avait du mal à discerner. L'homme en sortit un Havane. L'objet était donc un humidificateur à cigares. Une splendeur et une fortune à lui seul, pensa Pat. Le Havane devait être souple, sa cape lisse et luisante. L'homme trancha la tête du cigare à l'aide d'un coupe-cigares. Puis, il le préchauffa sur toute sa longueur, au briquet à gaz. L'homme parlait avec Gabe, mais Pat ne pouvait entendre leurs dires. L'homme ôta la bague du

Havane, sans doute bien chaud à présent, et vint s'asseoir face à Gabe.

Des bruits de gravier laissèrent deviner à Pat l'arrivée d'une voiture. Après quelques instants, l'homme se leva et alla vraisemblablement ouvrir aux nouveaux arrivants. Ils attendaient d'autres personnes pour faire une partouze? Gabe était peut-être plus intrigant qu'il ne l'avait tout d'abord cru. On ne connaissait jamais assez une personne, encore moins un ami.

L'homme revint. Gabe s'était levé. Pat n'en crut pas ses yeux. Un homme d'une trentaine d'années était apparu. Il serra la main de Gabe. Il était accompagné d'un éphèbe de neuf ou dix ans. Gabe le fixait avec des yeux avides et lui caressa la joue. L'enfant semblait effrayé et inquiet. Pat eut un haut-le-cœur. Il ne pouvait croire ce qu'il voyait. Était-ce lui qui imaginait l'impossible? Pourtant, une atmosphère malsaine régnait dans la pièce qu'il continuait d'observer.

L'enfant et l'homme qui l'accompagnait changèrent de pièce. Gabe serra la main de l'homme avec lequel il était venu dans ces lieux et lui donna une petite tape sur l'épaule, comme pour le remercier. Il sortit une liasse de billets et paya l'homme qui souriait. Un nouveau haut-le-cœur empêcha Pat de progresser dans sa surveillance. Gabe était pédophile? Il ne pouvait se résoudre à cette pensée bien que cela semblât l'évidence même.

Pat alla chercher Colby, resté dans la voiture. Il revint avec l'animal près d'une fenêtre. C'était une chambre. Tout à l'heure plongée dans le noir, elle était maintenant éclairée. Il y avait un grand lit et des miroirs partout. Sur toutes les surfaces: murs et plafond. Des éclairages feutrés et des draps de soie. Sur le lit, l'enfant était allongé. Il était entièrement nu.

– 5 –

**San Diego, dans la nuit du
samedi 9 au dimanche 10 décembre 1995,
église de l'Immaculée Conception.**

Ehrwin, assis sur un des bancs, rêvassait. Il ne pouvait penser à autres chose qu'à ces images du Christ nu, le caressant et lui faisant l'amour. Quelle pouvait être la signification d'un tel acte, d'un tel rêve? Que Jésus était homosexuel? Mais quel était l'intérêt pour lui de savoir cela? Il n'allait pas crier sur tous les toits qu'il avait eu une révélation dans ses rêves! On le prendrait pour un fou, l'Église étoufferait l'affaire et il serait taxé de détraqué n'assumant pas sa propre sexualité. Ce qui n'était pas le cas. N'ayant pas de sexualité, il n'avait, par conséquent, aucun besoin d'en assumer une. Peut-être le malaise venait-il de là? Comme le cardinal le lui avait fait remarquer, quelque chose dans son passé avait sans doute provoqué une inappétence sexuelle. Et cette pénurie tentait d'émerger à travers ses rêves. Parce qu'il n'était pas humain de ne pas éprouver de pulsions sexuelles. Beaucoup de ceux qui ne vivaient pas pleinement leur sexualité se retrouvaient détraqués, obsédés sexuels ou, pire encore, tueurs. Il n'était rien de tout cela, simplement prêtre.

Un bruit l'interrompit dans ses pensées. Il tenta d'en trouver la source et réalisa que quelqu'un était dans l'isoloir. Il fut un peu surpris, se leva et se dirigea vers la personne qu'il ne voyait pas.

— Excusez-moi, mais puis-je vous demander ce que

vous faites à cette heure tardive dans l'église?

Une voix faible et rauque lui répondit:

— Je voudrais me confesser, mon père.

— Il est un peu plus de minuit, mon brave.

— Cela vous empêche-t-il de me confesser, mon père?

— Eh bien! vous n'êtes pas censé vous trouver dans ces lieux. Ne pouvez-vous revenir demain, mon fils?

— Il sera alors trop tard.

— Trop tard?

— Je ne peux vous en dire plus, mon père. Ou bien vous me confessez ou bien je mourrai.

Ehrwin fut intrigué par cette dernière phrase. Mais l'homme ne semblait pas plaisanter et un sentiment profond le poussait à l'écouter. Il connaissait cet homme. Pourtant, aucun indice n'avait transparu. Et puis, après tout, il était éveillé et savait qu'il ne pourrait pas dormir cette nuit. Il s'installa donc dans le confessionnal.

— Je vous écoute, mon fils.

— Merci, mon père. Je souhaiterais que vous ne m'interrompiez pas. Ce n'est pas très facile, ce que je dois confesser. Surtout à vous... Alors, de grâce, n'intervenez pas mon père. Écoutez simplement.

— Très bien, allez-y.

Il connaissait cette voix, il en était certain, à présent. L'homme la masquait, mais les intonations la trahissaient.

— Je suis venu te voir parce qu'il fallait que tu saches... Mon amour pour toi n'a plus de limites. Je me suis raisonné, des années durant, mais je n'ai jamais cessé de t'aimer. C'est pour toi que j'ai fait tout ça, tu m'entends? Pour toi! Tu n'as pas compris, jamais. Tu n'as pas voulu comprendre. Et puis tu t'es enfermé dans cette putain de religion, après. Moi, j'ai eu envie de te parler, de t'expliquer aussi. J'avais besoin de te dire pourquoi. Je n'ai pas su contrôler. Je n'y arrivais pas. Je... Je voulais que tu saches que je n'ai jamais désiré te faire de mal. Ce n'était pas moi, pas de ma faute. Je souhaitais seulement que nos corps échangent ce que nous avions dans la tête, mais je n'arrivais pas à te le faire appréhender. Tu comprends?

Ehrwin écoutait. Il savait qui était à côté de lui, dans l'isoloir. Maintenant, il l'avait compris. Il ne concevait pas tout, pourtant. Un élément lui échappait. Un détail dont il ne pouvait se souvenir ou auquel sa mémoire demeurait fermée. Pourquoi? Aujourd'hui, il était prêt à supporter les chocs. Il se sentait suffisamment fort pour affronter cette réalité effacée de sa conscience. Cela avait sans doute un lien avec ses rêves, avec sa sexualité absente, mais quasi omniprésente depuis quelque temps.

– Je ne veux pas que tu me répondes, je sens tes réponses. Tu n'as plus besoin de parler. Je suis avec toi, en toi. Nuit et jour. Depuis toujours, mon amour. Depuis le premier jour. Je n'y suis pour rien. C'est dans la nature des choses. Je ne suis pas à l'origine de cet amour, ni de ces meurtres. Je n'ai pas le choix. C'est tout, c'est ainsi. Quelqu'un a dit: «Un ami est toujours un traître.» C'est vrai. Moi, je dirais: «Un amour est toujours un manque; un jumeau, un exorcisme».

Ehrwin ne put retenir ses larmes. Il avait peur sans savoir pourquoi, d'ailleurs. Il pressentait qu'un événement terrible se produirait d'ici peu et qu'il en serait l'un des protagonistes.

– Pourquoi, Dar, pourquoi?

Il n'eut pas de réponse. Ehrwin se leva et ouvrit la porte à côté. Il n'y avait personne. Il eut un moment d'hésitation. Avait-il rêvé? S'était-il assoupi? Il resta un moment sans bouger, à observer le confessionnal vide, à regarder l'église froide et déserte. Le silence s'abattit soudain sur lui, comme une chape hermétique.

❋ ❋ ❋

Gabe entra dans la chambre. Pat continuait d'observer la scène de l'extérieur. Il devait être minuit, peut-être davantage. Il ne voulait pas regarder sa montre, car Gabe exigeait toute son attention. Il fallait être sûr de ce qui allait se produire avant d'agir. Il aurait aimé avoir eu le temps de prévenir Dar. Quelle que fût la suite des événements, cela l'aurait forcément intéressé. Et puis, du renfort n'aurait sans doute pas été inutile. Ils étaient trois dans la maison. Plus l'enfant. Gabe serait maîtrisé sans trop de difficulté, puisqu'il y aurait l'effet de surprise. Pour les deux autres, c'était une autre histoire. Il improviserait.

De toute évidence, il ne pouvait laisser faire Gabe.

Il le vit se déshabiller. L'enfant était éveillé et Gabe lui parlait. Pat n'entendait pas le contenu de ses propos mais, apparemment, il devait tenter de le rassurer. Il était nu, à présent. Il vint s'asseoir sur le lit, tout près de l'enfant et mit sa main sur la cuisse de ce dernier. Pat était bouleversé. Il n'avait jamais ressenti autant de dégoût pour un autre être humain. Il n'en pouvait plus. Il ramassa une pierre et la jeta contre la fenêtre qui vola en éclats, dans un fracas apocalyptique. Gabe sursauta et l'enfant se cacha sous le lit. Pat enjamba la fenêtre en même temps que Colby et pénétra dans la chambre, son Magnum 357 braqué sur Gabe. Ce dernier était en érection et affichait un air pathétique. Il n'en croyait pas ses yeux. Pat était dans la pièce et pointait une arme vers lui. Il comprit que s'il ne réagissait pas, ce serait la fin de sa carrière, voire même sa mort pure et simple.

Le propriétaire de la demeure fit irruption dans la chambre, une arme à la main. Pat n'attendit pas, il tira. L'homme s'effondra. Le gamin criait. Colby sauta sur Gabe qui s'était levé. Dans l'embrasure de la porte, Pat distingua l'homme qui avait amené le jeune garçon. Il tira, mais le manqua. L'homme avait déjà disparu, comprenant ce qui était en train de se passer. Pat l'entendit courir vers l'entrée, puis sortir. Un coup de feu retentit à ses côtés mais, avant qu'il ne puisse réagir, on l'assommait. Il perdit connaissance.

❉ ❉ ❉

Il sortit de Sa voiture et entra au West Coast Production Company. Un centre gay sur plusieurs étages, avec boîte de nuit et terrasses. Il lui fallait deux jeunes hommes. Un d'une quinzaine d'années, grand et blond; l'âge et le physique de l'autre importaient peu. Il ne servirait que de «liquide», alors... Il alla donc s'installer à une table. Il voulait danser, ce soir. Être beau et exubérant. Être possédé et S'abandonner à Son œuvre. Un loup Lui masquait les yeux et le nez. Il retira Sa veste et Son t-shirt et Se pressa sur la piste de danse contre les autres corps. Il était déchaîné et avait besoin d'expurger les heures qui venaient de passer, trop éprouvantes à Son goût. La danse serait Son purgatoire. Il dansait avec frénésie et nombreux furent les corps qui se collèrent au Sien, qui Le caressaient et L'embrassaient. Il aimait ça, Il en avait outrageusement besoin. Les uns étaient intrigués de voir un si bel homme danser avec un masque, les autres trouvaient cela fascinant. Seul celui qui repartirait avec Lui aurait sans doute le droit de Lui ôter ce loup noir qui Lui attribuait tout Son mystère. Son corps était magnifique et puissant. Grand, musclé et fin, ils étaient tous auprès de Lui, espérant être celui qu'Il emmènerait, pour se donner complètement à Lui. Il y avait une foule de jeunes gens, beaux et désirables. Il remarqua deux d'entre eux qui semblaient discuter ensemble, comme s'ils avaient établi un pari entre eux. Peut-être pensaient-ils qu'un seul repartirait avec Lui. Il s'approcha d'eux. Ils avaient gagné; c'était vers eux qu'Il était venu. Maintenant, la guerre était ouverte pour savoir lequel des deux Il choisirait. Ils devaient avoir l'un et l'autre, seize, dix-sept ans. Grands, blonds et élancés, ils étaient Son sosie. L'un paraissait plus jeune que l'autre, mais sans doute n'était-ce qu'illusion. Il ne prononça pas un mot. Il désirait les séduire avec Son corps, ce qu'Il avait déjà fait, de toute manière. Ils Lui étaient tout acquis. Le moindre geste de Sa part serait immédiatement interprété et suivi. Il commença alors à les caresser. Le reste des danseurs comprirent qu'Il avait fait Son choix. Ils étaient les premiers qu'Il touchait. Il s'était prêté au jeu des frottements et des frôlements de corps, mais Il n'avait caressé personne, jusqu'à présent.

Les deux jeunes étaient aux anges. Ils avaient compris qu'Il n'avait pas réussi à arrêter son choix. Les deux Le suivraient donc. Ce qu'ils firent rapidement. Ils récupérèrent leurs affaires et tous trois partirent ensemble.

— Vous venez? Je vous emmène avec Ma voiture.

— O.K.! On va où?

— C'est une surprise. Vous verrez...

Celui qu'Il avait choisi pour être du «liquide», s'assit à côté de Lui, l'autre monta à l'arrière.

— C'est quoi vos noms?

— Moi, c'est Al, répondit celui qui était à Ses côtés. Lui, c'est Erick.

— Moi, c'est Jim.

Ils échangèrent diverses civilités. Le trajet fut court. Il se gara en bas de l'immeuble, puis les fit pénétrer dans le hall.

— On dirait une odeur de brûlé, non?

— Oui, c'est exact. J'aime les lieux déserts et solitaires. Ici, on ne sera pas dérangés, vous verrez.

L'ascenseur était toujours en panne. Ils montèrent au quatrième étage. La porte de l'appartement était ouverte. L'entrée était barrée par des rubans adhésifs jaunes que la police avait laissés.

— Y a eu un meurtre ou quoi dans cet immeuble?

— Je ne sais pas. J'suis juste venu hier et J'ai trouvé le lieu désert. À première vue, il y a eu le feu. J'ignore s'il y a eu des victimes. En tout cas, la chambre est en parfait état, si vous voyez ce que Je veux dire...

Jim arracha les morceaux de ruban collés dans tous les sens.

— Venez!

Les deux jeunes gens Le suivirent. La porte du salon était

fermée. Ils passèrent devant et se dirigèrent vers la chambre. Tout était parfait; les draps recouvraient encore le lit. Jim commença à Se déshabiller.

— Eh bien! que faites-vous? Ça vous plaît pas?

Erick et Al se regardèrent. Ils haussèrent les épaules. Après tout, pourquoi pas? Comme l'avait dit Jim, ils seraient tranquilles, ici.

Ils se déshabillèrent rapidement et s'allongèrent sur le lit.

— Allez-y, commencez tous les deux. Je vous regarde.

— Tu ne veux pas te joindre à nous? demanda Al qui lorgnait sur le sexe de Jim, en érection.

— Si, ne t'inquiète pas. Je préfère vous regarder, d'abord.

Erick commença à sucer Al. Lentement et avec beaucoup de méthode. Il y eut un bruit sourd. Al s'effondra sur Erick, qui essaya de se dégager. Mais, déjà, quelqu'un le ligotait. Il ne comprenait pas. Était-ce un petit jeu étrange de Jim ou quelqu'un était-il entré dans la chambre sans qu'ils s'en aperçoivent?

On le dégagea enfin. C'était Jim, qui l'allongea sur le dos, les jambes relevées. Il le pénétra avec force, presque violemment. Mais Erick aimait ça. Il ne voyait pas Al, mais peu lui importait. C'était trop bon... Jim ne ralentissait pas un seul instant et faisait preuve d'une vigueur surhumaine. Son va-et-vient était rigoureux et jouissif. Il ne tarderait pas à exploser s'il ne ralentissait pas un peu. Jim, en même temps qu'il le pénétrait avec toujours autant d'ardeur, porta son sexe à Sa bouche. Son masque tomba. Erick vit la beauté de Son visage.

— Si tu continues, je ne vais pas tarder à jouir.

— Moi aussi, répondit Jim en relâchant un instant le sexe d'Erick.

Erick s'abandonna alors complètement, se donnant sans retenue à ce bel inconnu. Il jouit dans la bouche de Jim, au moment même où ce dernier délivrait Sa semence dans son corps. L'extase... infinie.

Il vit Jim, toujours en lui, le frapper violemment sur le crâne avec un objet en bois. Il perdit conscience.

Pat sentit qu'il était attaché sur une chaise. Il pouvait à peine bouger. Il avait pourtant repris tous ses esprits. Gabe était en face de lui sur le canapé. Ils étaient dans le salon de la même demeure.

— On se réveille?

Pat demeura silencieux.

— Je suppose que c'est la première fois que tu me surprends ici? Évidemment, sinon tu serais intervenu plus tôt!

— Tu ferais un bon flic, répondit ironiquement Pat. Tu me répugnes...

— Tiens, c'est drôle... C'est exactement ce que m'a dit Eleonora, à l'époque.

Le sang de Pat se figea. Ses yeux fixèrent Gabe avec une intensité remarquable. Que voulait dire ce dernier?

— Allez! ne fais pas l'imbécile, Pat. Tu es un bon flic, un excellent détective. Ne me dis pas que tu n'as pas compris. Elle ne t'a vraiment rien confié?

— Jamais, non.

— N'est-ce pas touchant? Elle a voulu éviter un drame. Il aurait mieux valu qu'elle n'ait pas de scrupules. Tu ne serais pas dans cette inconfortable situation, aujourd'hui.

— Que vas-tu faire?

— Faire disparaître toutes traces de ce qui s'est passé cette nuit. Tu t'es chargé de ce pauvre Philipp. C'est bien dommage, il était loyal et serviable.

— Une ordure. Une pute dans ton genre, immonde et infâme.

— Il ne fera plus rien, le pauvre, maintenant. Dieu ait son âme! rajouta Gabe avec un large sourire. J'ai rattrapé Frantz, il repose aux côtés de Philipp.

— Qui est Frantz?

— La personne qui amène les enfants. Tu m'as obligé

à évincer toutes les personnes capables de trahison éventuelle.

— L'enfant?

— Le petit Tom? Ne t'inquiète pas. Il ne parlera pas, lui non plus.

— Salaud! Tu es une pourriture, une merde sans nom.

— Ouais... C'est toi qui aurait dû me tuer, à l'époque, si ta femme avait eu le courage de t'avouer ce qui s'est passé. Elle m'a surprise, j'étais dans la chambre de ton fils. Je croyais qu'elle et Mary discutaient ensemble dans le jardin. Je me suis laissé emporter. Je n'ai pas fait attention. Elle m'a vu. J'avais allongé ton fils et je lui suçais son adorable petit sexe. Un délice!

Pat fulminait sur sa chaise. De lourds sanglots s'échappaient malgré lui de sa gorge. Gabe ne lui laissa pas le temps de répondre.

— Ciao, l'ami!

Il pointa son arme sur la tempe de Pat et appuya sur la détente.

❖ ❖ ❖

Ehrwin regarda sa montre: minuit quinze. En Italie, il devait être 9 h 15. Il appela son ami, le cardinal.

— John est mort, monseigneur.

— John?

— Oui, celui pour qui je suis rentré. La maladie a été la plus forte.

— Un homosexuel? interrogea Lorenzo-Lukas, la voix inquisitrice.

— Oui, pourquoi?

— Non, rien.

— Vous ne les aimez pas beaucoup, n'est-ce pas?

— Disons que j'ai du mal à comprendre leur motivation. Je ne vois pas ce qui peut les attirer vers une image identique à la leur, si ce n'est un narcissisme absolu.

— Ce n'est, sans doute, pas si simple.

– Si tu le dis. Peu importe... Tu sais, mon petit, ils n'ont guère apprécié ici, de ne pouvoir te féliciter. Le pape lui-même a été surpris.

– Mais vous lui avez expliqué, n'est-ce pas?

– Je ne suis pas entré dans les détails. Il espère te voir bientôt.

– J'ai presque fini ma seconde thèse, monseigneur. Je préfère revenir une fois celle-ci terminée.

– Très bien. Quand?

– Laissez-moi encore un mois. Je viendrai début janvier, si vous n'y voyez pas d'inconvénient.

– Pas le moindre. Arrange-toi pour finir avant, si tu peux. Ce serait très bien...

– C'est promis.

– Comment vont ces rêves?

– Beaucoup mieux, monseigneur. C'est peut-être la pression qui faisait réagir mon subconscient. Aujourd'hui, c'est fini.

– Bon, eh bien! donne-moi vite de tes nouvelles, veux-tu? Et de bonnes, de préférence.

– Je n'y manquerai pas.

Ehrwin raccrocha. Il retournerait à Rome après les fêtes de fin d'année. Il aurait ainsi le temps de finir sa thèse sans trop de difficulté. Ses propos allaient forcément changer. Il ne pouvait s'empêcher de penser à la visite de Dar. Il était tourmenté, au-delà de la simple dualité gémellaire. Il ne pouvait croire Dar assassin et metteur en scène de tout cela. Il devait souffrir d'un dédoublement de personnalité, il ne pouvait en être autrement. Mais comment en être certain? Comment découvrir la faille de ce monstre qui sommeillait en lui et qui le faisait agir de manière inconsidérée. Dar était malade. Il devait trouver un moyen d'en parler et de le soigner. Et s'il avait réellement tué, alors il faudrait être prudent. L'esprit humain était un terrible adversaire, un instrument avec lequel jouer n'était pas chose aisée. Néan moins, il sauverait son frère. Il donnerait sa propre vie pour cela, s'il le fallait.

Le téléphone l'interrompit à nouveau dans ses pensées. Qui pouvait bien l'appeler à cette heure avancée de la nuit? Il décrocha le combiné.

– Oui?

– CETTE FOIS, LE CADEAU EST POUR TOI, MOINILLON. JÉSUS T'AIME ET T'ENCULE. COMME JE L'AI FAIT!

– 6 –

**Le dimanche 10 décembre 1995, 2 h 45.
Dans les locaux du S.D.P.D.**

— Je veux entendre le rapport complet concernant les meurtres du 7 décembre.

— Leslie Miller avait quarante et un ans et était veuve depuis dix ans. Son mari, Howard Miller, est mort d'une crise cardiaque.

— Il avait quel âge? Trente-deux ans?

— Exact. Comment sais-tu ça?

— Je vous expliquerai tantôt. Continue, pour le moment.

— Leslie était une femme bien, sans histoire, dirigeant l'agence de San Diego de la *Bank of America*. Très aisée, grand train de vie, élégante, sérieuse et d'un tempérament fonceur, elle a rapidement gravi les échelons. Personne ne lui connaissait d'ennemis potentiels. Elle était vive, spontanée, de nature aimable, gaie et complaisante. Un contact direct et facile avec tout le monde. Pas de préjugé ou d'échelle de valeurs pour elle. Un être humain était un être humain. C'était sa devise. Jamais condescendante, toujours prévenante. Côté privé, eh bien! après la mort de son mari, elle est demeurée trois ans sans sortir avec un homme. Elle était un peu morose. Puis, elle a eu des amants. Pas énormément, d'ailleurs. Gordon est entré dans sa vie en 1992, par un beau jour d'avril. Gordon Stefano avait trente et un ans. D'origine italienne plutôt modeste, il avait fait de brillantes études en droit. Il semblait sérieux. Aucune trace de maîtresse ou d'histoire particulière entre eux. Il défendait la cause des plus faibles et on lui prêtait généralement bon cœur.

– Des enfants?

– Ni l'un ni l'autre, non. Leslie ne pouvait en avoir. Elle avait accepté son sort. Je n'ai pas trouvé de piste éventuelle concernant un traitement spécifique qui aurait pu remédier à sa stérilité. Pas d'essai d'adoption, non plus.

À première vue, les mobiles du meurtre ne se trouvent pas dans leur passé.

– Non... c'est dans le mien qu'il va falloir trouver.

Ses hommes semblaient sceptiques. Ils ne comprenaient pas comment ces meurtres pouvaient avoir un lien avec son passé.

– Tu veux dire que Gemini prétend à nouveau être le meurtrier?

– Sans doute, il y avait sa signature. Je ne suis pourtant pas allé le voir, cette fois. En effet, d'autres éléments sont venus se greffer: Gemini n'agit pas seul. Maintenant, j'en ai la certitude.

– Tu as une preuve?

– Un ami est mort pour me la donner. Pour moi, c'est la plus grande des preuves, même si elle ne vaut rien devant un tribunal. C'est donc celui qui est dans l'ombre qu'il nous faut trouver. Et cette ombre connaît parfaitement mon passé. Je n'ai pas réagi pour le premier meurtre parce que, pour moi, il s'agissait d'un meurtre «à la Gemini» et rien d'autre. Pourtant, il a eu lieu le 7 novembre 1995.

Dar marqua une pose. Les autres, impatients, attendaient la suite.

– Le 7 novembre 1985, je vivais en France, à Paris. Ma mère avait quarante et un ans et elle vivait avec son amant, plus jeune de dix ans. Mon père était mort depuis dix ans déjà. Ce soir-là, ma mère et son amant ont été tués dans les mêmes circonstances que Leslie et

Gordon. À quelques détails près, l'histoire se répète avec dix années d'écart. Je ne sais pas pourquoi, mais on tient à ce que je m'investisse plus que de coutume. Peut-être même davantage que pour l'affaire Gemini. Voilà pourquoi il aurait servi de couverture pour le début de cette nouvelle affaire. J'aurai probablement besoin de vous plus que je ne voulais bien le croire au début. Lorsque Pat sera de retour, je vous expliquerai ce que j'entends faire. Certains d'entre vous ne vont pas trouver ça très drôle. Mais, que voulez-vous, on ne fait pas toujours ce qu'on veut.

Dar décrocha le téléphone qui venait de sonner.

– Oui?

– Sergent Kern?

– Oui.

– Un appel de Los Angeles.

– D'accord, passez-le moi.

– Allô? Kern?

– Oui...

– Hoffman, L.A.P.D. J'ai besoin de vous ici.

– À cette heure-ci?

– Venez au plus vite.

– Pour?

– Reconnaître le corps de Patrick V. Erickson.

❈ ❈ ❈

Ehrwin déposa le combiné. La voix venait de raccrocher, après lui avoir transmis une adresse. Il savait que Dar prétendait avoir eu un coup de fil identique, au sujet du douzième meurtre supposé de Gemini. Et si c'était Dar lui-même qui venait d'appeler? Un cadeau pour lui, à présent?

Il était nécessaire qu'il sache, maintenant. Il se rendit donc sur les lieux, sans plus attendre.

C'était un immeuble très luxueux. En montant les

escaliers et en percevant le remugle désagréable de brûlé, il fit l'analogie avec les meurtres récents de Leslie Miller et de Gordon Stefano. Dar ne lui avait pas parlé de ces crimes. Il avait simplement lu les articles succincts qui avaient mentionné la mort de ces deux personnes, sans expliquer les circonstances précises de l'homicide.

Il était, à présent, face à la porte d'entrée, restée ouverte. Il ne pouvait pas avancer davantage, l'odeur l'en empêchait. Une infamie, mélange nauséeux de brûlé froid et de sang chaud. Ehrwin savait que ce qui l'attendait ne serait pas beau à voir. Il fallait pourtant qu'il voie pourquoi ce nouveau meurtre était son cadeau.

Il finit donc par vaincre sa paralysie psychologique et avança dans l'appartement. Le couloir d'entrée menait au salon. Dans celui-ci, il y restait les traces des meurtres précédents sur les murs. Bien que les murs aient été lavés, on distinguait une couleur rougeâtre qui ne trompait pas. Il y avait eu du sang étalé. Une partie du salon avait été ravagée par les flammes, mais il n'y avait rien d'autre de particulier. Ehrwin en fit le tour avec précaution. Il n'y avait pas de trace d'un nouveau meurtre.

Toutefois, dans sa minutieuse approche, il réalisa que le salon ressemblait étrangement à celui dans lequel il avait vécu lorsqu'il était jeune et qu'il habitait Paris avec sa mère, son frère et son beau-père. Était-ce un hasard? Prêtait-il attention à des détails qui n'en valaient pas la peine? La suite viendrait sans doute confirmer ou infirmer ses soupçons.

Il se dirigea vers la cuisine – véritable ruine – entièrement détruite par le feu. Il continua vers la chambre. Il s'interrompit et faillit repartir. Son cerveau travailla à toute vitesse. Des images issues d'un passé refoulé effleurèrent sa conscience malgré lui et celles d'un présent menaçant apparurent comme une vérité indéniable. Il rejeta de toutes ses forces les images du passé et se concentra sur celles qu'il voyait.

Un jeune homme de seize ans environ était allongé, entièrement nu, sur le lit. Il avait été complètement badigeonné de sang. Son corps était recouvert de diverses petites blessures. Il s'approcha de l'adolescent. Il semblait respirer lentement. Il tâta son pouls. Il était vivant, il n'y avait aucun doute possible. Ehrwin alla dans la salle de bain, prit une serviette qu'il mouilla, revint vers la jeune victime et lui essuya le visage. Il l'entendit geindre et le vit ouvrir les yeux.

— Non, pitié. Ne me tuez pas!

Ehrwin comprit. L'adolescent croyait voir son assassin. Il avait dû voir Dar qui lui avait infligé ces supplices. Dar ne pensait sans doute pas que sa victime s'en sortirait. Qu'il pourrait parler et le reconnaître. Le reconnaître ou les reconnaître? Et si Dar voulait qu'il soit accusé des meurtres? N'avait-il pas dit qu'un prêtre était allé rendre visite à Gemini, plusieurs fois en prison? Si Dar s'était déguisé, n'importe qui pourrait attester que c'était bien lui, le prêtre, qui était venu voir Gemini et non Dar. Les autres ne faisaient pas de différence physique entre eux. Ehrwin se sentit pris au piège. Dar n'était probablement pas conscient de ce qu'il faisait. C'était son double qui tuait. Mais pas son double physique, son double psychologique. Il fallait qu'il trouve un moyen de prouver que Dar se croyait innocent parce que c'était une autre personnalité qui siégeait en lui, qui agissait malgré lui. Enfin, il osait l'espérer.

Le jeune homme était à demi-conscient, mais il paraissait agité. Il avait peur, cela semblait évident.

— Écoutez, je ne suis pas celui que vous croyez. Je suis prêtre. Je m'appelle Ehrwin. Comment vous appelez-vous?

Erick demeurait silencieux. Pourtant, il écoutait. Il avait besoin de preuves.

— C'est quelqu'un qui me ressemble physiquement qui vous a fait du mal, n'est-ce pas? Rassurez-vous, ce

n'est pas moi. J'ai un frère jumeau qui a une double personnalité, je crois. Et il semble que celle-ci soit meur-
trière.

— Où est Al?

— Al? Qui est-ce?

— Nous étions deux avec Jim.

— Jim?

— Celui qui m'a violenté.

Il se redressa péniblement et réalisa qu'il avait du
sang et des coupures sur tout le corps.

— Oh! mon Dieu!

Erick pleurait et ne pouvait s'arrêter de dire «Oh,
mon Dieu». Il était terrorisé.

— Écoutez, je ne sais pas où est Al, mais je peux vous
dire que vous allez revoir Jim.

— Non! Pitié.

— Calmez-vous. Jim s'appelle en réalité Darwin
Kern. C'est un policier. Il ne vous fera pas de mal, parce
qu'il ne sera pas seul avec vous. Tâchez de ne jamais
rester seul avec lui. C'est compris? Et dites que vous
n'avez aucun souvenir du cauchemar que vous avez
vécu. C'est clair?

Erick le regardait d'un œil vide et apeuré. Ehrwin se
leva et voulut partir. Il ne fallait pas qu'il reste là. Les
images du passé commençaient à prendre le dessus. Il ne
le souhaitait pas. Il préférait éviter toute introspection
liée à ce passé qui risquait de le conduire à une introver-
sion irréversible. Erick tenta de se lever pour le suivre.

— Ne partez pas... je vous en supplie! dit-il dans un
souffle presque inaudible.

Ehrwin ne se retourna pas et quitta l'appartement.
Erick, endolori et ne pouvant bouger davantage, s'effondra sur le lit, le regard perdu.

❋ ❋ ❋

Le dimanche 10 décembre 1995, 6 h.
Morgue de Los Angeles.

Dar, les yeux défaits et le visage fatigué, arriva devant Hoffman. Il était venu à Los Angeles avec Tim, un jeune de l'équipe.

— Bonjour. Je suis le sergent Darwin Kern. Voici l'officier Timothy Woodhouse.

— Enchanté! Sergent John Hoffman. Je vous emmène?

— On vous suit. Vous pouvez me parler des circonstances du décès?

— On a retrouvé Erickson, une balle de 357 dans la tête. Son corps était dans les collines, au milieu des bois. Il y a eu d'autres meurtres, cette nuit. On n'a pas retrouvé le Magnum d'Erickson mais, à première vue, ce serait la même arme qui aurait tué deux autres hommes. Faits troublants...

Hoffman fut interrompu par l'arrivée inattendue du commandant Gabriel Dickenson. Le corps de Pat était allongé sur un chariot en métal et était recouvert d'un drap blanc. Dar et Tim saluèrent leur commandant. Dar le fusillait du regard. Il était au courant que Pat l'avait suivi à Los Angeles. Il savait que s'il était mort, seul «Grille d'égout» pouvait en être responsable. Lui avait-il tendu un piège? Pat avait-il découvert quelque chose qui méritait qu'on l'élimine? Il finirait bien par trouver, quels que soient le temps et l'énergie que cela requérait. Gabriel Dickenson était un pourri. Maintenant, il en avait la certitude. Le tout était de découvrir ce que Pat avait déniché. Et, forcément, ce ne serait pas chose aisée parce que Gabriel Dickenson allait être sur ses gardes. On ne trouverait sans doute pas de preuves contre lui et Dar ne pourrait témoigner de rien. Il ne pourrait révéler qu'il avait chargé Pat de filer leur supérieur.

Gabriel Dickenson... Le tableau se noircissait dans

l'esprit de Dar. Et si Gabriel était en fait à la tête de toute cette nouvelle affaire? Il était peut-être l'instigateur de ces meurtres? Il était possible qu'il force Ehrwin à exécuter ses plans diaboliques pour mettre un terme définitif à la carrière de Dar... Une action parallèle qui masquait vraisemblablement autre chose, plus importante, sur laquelle Pat était tombé par hasard. Si tel était le cas, alors Gabriel Dickenson savait que Darwin avait commandité les actions et les recherches de Pat.

Darwin était donc, à présent, la cible à éliminer. «Grille d'égout» n'avait que deux solutions: le tuer froidement comme il l'avait fait pour Pat, ou le compromettre dans une histoire dans laquelle Dar ne pourrait se débattre sans éclabousser des collègues ou sans avoir l'air d'un aliéné de première catégorie. Gabriel Dickenson était un vieux singe. Il ne s'en était pas assez méfié. Pat avait toujours été là pour l'épauler. Aujourd'hui, il en allait tout autrement.

— Je viens d'apprendre la mort de l'un de mes officiers?

— Patrick Vincent Erickson a été retrouvé, mon commandant.

— Pat? Mais comment est-ce arrivé?

Dar l'aurait volontiers étripé tout de suite. Hypocrite! Il faisait l'étonné et le chaleureux! Pat! Depuis combien d'années ne l'avait-il plus appelé Pat? C'était ridicule. Mais personne ne dirait rien. Pas même lui. Parce qu'il avait besoin de temps pour travailler dans l'ombre de cette infâme ordure. Il faudrait être vigilant, prudent et intelligent. Plus que jamais.

— Nous n'en savons rien, mon commandant. L'enquête est ouverte et nous trouverons. Le médecin-légiste va faire son travail.

— Très bien. À propos, Kern, que faites-vous ici?

— Le sergent Hoffman m'a téléphoné, afin que je vienne reconnaître le corps de Pat.

— Bon, eh bien! c'est chose faite. Retournez à San Diego, je m'occuperai du reste, ici.

— Merci, mon commandant. Messieurs, bonne journée.

Dar et Tim quittèrent la morgue. Dar alluma une *Marlboro.*

— Tu en veux une?

— Non. Tu sais bien que j'ai arrêté.

— C'est vrai, je m'excuse. Je devrais en faire autant, tiens! Avant de rentrer, je veux passer voir Gemini.

— Je peux venir? lui demanda Tim.

— Si tu veux.

Les deux partenaires arrivèrent en une demi-heure au quartier où était retenu Gemini. Ils furent conduits devant la cellule. Tim l'observa attentivement. C'était particulièrement étrange de se retrouver face à un grand criminel, sur lequel il avait lu tant d'informations dans les dossiers que Dar avait fournis à toute l'équipe. Cette fois, il n'était plus une simple photographie. Il était devant eux, en chair et en os. La cellule était assez large. En plus du lit, Gemini disposait d'une table sur laquelle s'amoncelaient des livres, d'une chaise et d'un coin salle d'eau, toilettes.

Gemini était allongé et feignait de dormir. Dar s'assit sur une chaise et désigna l'autre à Tim. Il ne parlait pas et Tim respecta ce silence. Il imita donc son coéquipier, s'assit et attendit. Il était fort intéressant pour lui de pouvoir observer quel genre de rapports existait entre eux.

Au bout d'une dizaine de minutes, Gemini se décida enfin. Il simula un réveil, long en étirements et en bâillements. Il fit mine de se lever mais se ravisa en voyant Dar et son compagnon.

— Wouah ouh! Deux magnifiques minets pour le petit déjeuner. Il va falloir que j'en touche un mot au patron. L'établissement s'améliore de jour en jour!

Tim, à ces mots, ne put retenir un petit rire. Il fallait

avouer que l'énergumène avait de l'esprit, c'était le moins que l'on pût dire. Cette petite entrevue promettait.

— Et moi qui allais sortir de mon lit nu comme un ver! Je sais bien que je suis en cage, mais messieurs, je vous demande tout de même un peu de respect. Ou alors nous jouons à jeu égal et vous vous déshabillez... Eh bien! que choisissez-vous?

— Nous n'avons plus le temps de jouer, Gemini. Encore moins au docteur et aux infirmiers! Nous sommes juste venus te voir...

— Me faire un petit bisou?

— Te voir pour te dire que ce n'était plus la peine que ton équipier signe les nouveaux meurtres de ta main.

— Ah? Et pourquoi donc, je te prie? Je suis et serai toujours avec lui.

Gemini ne niait plus qu'il avait un partenaire. Car il était conscient de ce qui s'était passé durant la séance de voyance entre Maggie, Marc, Dar, lui-même et le tueur. Et il savait que Dar connaissait l'existence de l'AUTRE. À quoi bon nier? Le petit était fort et intelligent.

— Ça, c'est ce que tu espères, enchaîna Dar. Es-tu certain que c'est ce qu'il fera? Dois-je te rappeler que c'est LUI qui te permet de l'accompagner dans ses sorties nocturnes destructives? C'est LUI qui décide s'il t'emmène ou non. Je suppose que tu es au courant des derniers meurtres comme tu l'étais pour les précédents?

— Bien sûr, trésor. Quelle question saugrenue! Tu veux que je te prouve que j'y étais? Tu me déçois. Ne parlons plus de Gordon et de Leslie, c'est du passé! Parlons plutôt d'Al et d'Erick! Toi, tu ne les connais pas encore. Al attend patiemment dans le placard, je l'ai vidé de son sang. Erick, je lui ai laissé la vie sauve... C'était un cadeau pour ton petit frère!

— Ehrwin?

— Il faut récompenser la carrière d'un prêtre de temps à autre. Il vient de soutenir sa thèse. Un petit cadeau s'imposait...

Il marqua un temps d'arrêt.

– Quand comprendras-tu, mon trésor, que l'AUTRE n'est qu'un double de moi. Une projection de mon corps astral, rendu physique grâce à mes précédentes victimes. Il m'a fallu beaucoup de travail, trésor, beaucoup de patience aussi. Et terminer mon cycle n'a pas été facile. Maintenant, tu ne pourras plus rien contre moi. Je me suis immiscé dans ton passé et dans celui de ton frère. Tu n'y peux rien, lui non plus et personne au monde n'y changera rien.

Gemini avait désigné Tim. Il le regardait avec attention.

– Tu es marié, canard? Non, suis-je bête! Les jeunes d'aujourd'hui ne se marient plus. Ils baisent et se refilent des saloperies. Avec ta mignonne petite gueule, tu ne dois pas te priver. Filles et garçons, ça doit défiler à vive allure, non?

Dar pressa le bras de Tim pour qu'il ne réponde pas.

– Oh! mais ce sont de grandes copines! s'exclama Gemini. Elles se prennent par le bras. C'est-y pas mignon, tout ça? Tiens, au fait, juste une question... Tu me l'as amené, Dar. Laisse-le me parler au moins une fois. Que j'entende le doux son de sa voix.

– Que veux-tu savoir? enchaîna Tim.

– Combien de centimètres en érection?

– De quoi faire planer les filles et rêver les gars comme toi!

Gemini lui adressa un beau sourire.

– Tu ne me fais pas rêver, canard. C'est toi qui rêveras de moi, bientôt. Et quand tu m'appelleras, je ne manquerai pas de venir voir ça de plus près...

❊ ❊ ❊

Luke se réveilla brusquement. Il y avait de l'agitation près de sa chambre, il l'entendait. Il regarda l'heure:

6h. Il se leva et se dirigea sans hésitation vers la chambre d'à côté. Ehrwin était en pleine préparation. Une valise ouverte sur le lit, divers habits déjà pliés à l'intérieur, des livres entassés et maints feuillets rassemblés sur son bureau.

— Vous nous quittez encore, mon père?

— Oui, Luke. J'ai besoin de consulter la bibliothèque du Vatican pour achever ma thèse. Je la finirai sans doute à Rome et la soutiendrai dans la foulée.

— Vous allez bien, mon père? Vous avez l'air fortement agité.

— Rien de grave, Luke. L'excitation de trouver les documents nécessaires à mes recherches. Et puis, je suis parti précipitamment de Rome la dernière fois. J'étais rentré pour voir John, avant qu'il ne meure. Le cardinal de Florencis m'a signalé qu'ils n'avaient guère apprécié mon départ hâtif, au Vatican. Qu'ils espéraient me revoir bientôt. Je m'y rends donc sans tarder.

— Voulez-vous que je vous dépose à l'aéroport?

— Je n'y avais pas songé, mais volontiers.

— Je vais me préparer. J'en ai pour dix minutes.

— C'est parfait. Mon avion n'est qu'à 9 h 45.

Ehrwin était terrifié. Il avait donné un coup de téléphone anonyme pour annoncer sa découverte sanglante de la nuit, dès son arrivée à l'église vers 3 h. Il avait parlé vite et d'une voix très faible, pour ne pas éveiller les soupçons de Luke. À présent, Erick avait dû être secouru. Ehrwin espérait qu'il ne mentionnerait pas avoir vu un prêtre. En quittant San Diego, il se préservait d'un long interrogatoire, pénible et fatigant.

Il termina ses bagages et s'installa dans la voiture. Luke prit le volant. Ils s'engagèrent sur le chemin de l'aéroport. Il fit la conversation à son compagnon, convaincu qu'il fallait cacher ses sentiments. Ne pas montrer sa peur et son affolement. Luke devait penser qu'il partait serein et confiant.

Arrivés à l'aéroport, Ehrwin fit ses adieux à Luke, en le chargeant de prévenir tout le monde de son départ.

— Dis-leur que je suis parti pour un mois, environ. Que je suis un peu tendu à cause de cette seconde thèse, mais que tout ira bien. Que je suis confiant.

— Je n'y manquerai pas, mon père. Et transmettez nos salutations à Son Éminence de Florencis.

— Bien sûr, ne vous inquiétez pas. Et puis, j'aurai des milliers de «potins» à vous raconter, dès mon retour.

Ehrwin fit enregistrer sa valise et attendit patiemment l'heure du décollage. Il avait de nombreuses heures de vol devant lui. Des heures terribles durant lesquelles il lui faudrait combattre son conscient et son subconscient. Son conscient, parce qu'il ne cessait de revoir le lit rempli de sang et ce jeune homme allongé dessus, telle une offrande scabreuse. Son subconscient, parce qu'il savait que certaines images de son passé ne demandaient qu'à ressurgir. Il combattait énergiquement, se concentrant pour renvoyer ces images dans les tréfonds de son esprit, là d'où elles venaient. Le temps était son pire ennemi et le voyage allait lui en donner à foison. Il avait pris des somnifères avec lui. Ainsi, il s'assoupirait dans l'avion. Dormir l'empêcherait de penser. De manière consciente, en tout cas.

Il fallait qu'il s'éloigne de Dar pour réfléchir. Mettre au point une tactique pour révéler cette personnalité qui vivait en lui, dont son frère n'avait probablement pas conscience.

À l'appel de son vol, il s'installa dans l'appareil qui ne tarda plus à décoller. Il demanda un verre d'eau à l'hôtesse de l'air et prit son soporifique. Confortablement installé, il ne pensa plus qu'à une seule chose: dormir.

* * *

Phil se dirigea vers l'adresse, sans trop y croire. Il pensait qu'un gamin avait fait une connerie quelconque sur le lieu des crimes de Leslie Miller et de Gordon Stefano.

Il atteignit le quatrième étage avec facilité, malgré la puanteur qui le mit sur ses gardes. Les bandes à l'entrée avaient été arrachées; il s'y attendait. Mais il y régnait une odeur de sang qu'il n'avait pas pensé trouver. Finalement, il ne s'agissait peut-être pas d'un canular.

Il avança prudemment, l'arme à la main, dans l'appartement. Arrivé à la chambre, il découvrit le corps d'Erick, inanimé. Il demanda immédiatement du renfort et des ambulances et prévint qu'il fallait joindre Dar le plus vite possible. Il continua sa fouille et découvrit dans le placard, le corps bleu d'un autre jeune homme, pantin désossé dont la peau semblait bizarrement flétrie.

Erick gémit. Phil se retourna, apeuré et étonné de le savoir vivant. Il avait cru, avec tout ce sang répandu, qu'il était mort. Il eut le temps de finir son inspection des lieux avant l'arrivée des ambulanciers. Il n'y avait pas d'autre corps.

Les médecins emmenèrent Erick et Al. Tandis que des photos étaient prises, Phil donna l'ordre de nettoyer la chambre.

* * *

— Dar, il faut que je te parle.

Phil semblait gêné. Dar et Tim le suivirent dans son bureau. Phil referma la porte derrière eux. Il fit un bref exposé sur sa découverte. Les corps avaient été identifiés, à présent. Erick Wins avait balbutié une histoire abracadabrante. Selon sa version des faits, Alan Coven avait été vidé de son sang. Il avait été égorgé et avait servi uniquement de «fourniture». Le tueur aurait eu besoin de sang, il l'avait donc tué. On ne trouvait aucune trace de sperme sur lui, ni de coupures ou de tortures. Le tueur s'était amené son «sac vivant» de sang. Le seul qui l'avait intéressé, c'était Erick.

— Quelle est cette histoire dont tu parlais, tout à l'heure? l'interrompit Dar.

Phil alluma sa pipe avant de continuer. Tim ouvrit la fenêtre, pensant que Dar ne tarderait pas à fumer, lui aussi.

— Erick Wins nous a raconté, dans un dernier effort et de manière assez confuse, ce qui se serait passé. Al et lui sont des amis d'enfance. Ils sont pédés. Hier soir, ils étaient sortis dans une boîte; ils ont rencontré un type qui, physiquement, te ressemble, Dar. Son visage était caché sous un loup noir. Erick se souvient qu'il leur a dit se nommer Jim. Il les a emmenés là où je les ai retrouvés. Ils ont commencé à faire l'amour. Erick ne se souvient pas d'Al. Il a juste eu le temps de voir le visage de ce Jim parce que le masque est tombé. Mais après, c'est le vide total, jusqu'à ce qu'un prêtre vienne le voir. Il prétendait s'appeler Ehrwin. Erick l'a reconnu, car Ehrwin avait le même visage que Jim. C'est alors que le dénommé Ehrwin lui aurait expliqué qu'il n'était pas le tueur, mais que c'était son frère jumeau, Darwin Kern, qui agissait sous l'emprise d'une double personnalité. L'histoire n'est pas banale, comme tu le vois.

Phil le regardait d'une manière étrange, mi-embarrassé, mi-inquiet. Même si Phil avait trente-neuf ans, Dar demeurait le «boss».

— Tu ne crois pas à cette histoire de double personnalité, quand même?

— Je ne sais pas, Dar. Qui me dit que tu n'as pas exécuté ces meurtres? Qu'est-ce qui me prouve que tu n'as pas tué Pat? Je suis désolé, mais je me dois de considérer toutes les possibilités.

Dar regarda Phil. Il ne pouvait lui en vouloir. Après tout, il avait raison et ne faisait que son boulot de flic.

— Tim? tu es de quel côté?

— Je reste avec toi, Dar. Jusqu'à preuve du contraire, tu es innocent.

— Je n'ai rien dit d'autre, rétorqua Phil.

Dar sortit du bureau, suivi de Tim. Phil soupira. Cette affaire ne serait simple pour personne.

Dar et Tim quittèrent le poste.

— Si «Grille d'égout» est derrière tout ça, il a parfaitement réussi. Ma propre équipe est maintenant divisée, inquiète et chacun risque de prendre parti.

Ils prirent place dans la voiture.

— Je dois passer voir ma femme. J'en ai pour deux secondes.

— Je t'en prie.

Dar gara la voiture et rentra chez lui. Il monta à l'étage. Tout le monde dormait encore. Il déposa un baiser sur la joue de chacun de ses enfants, puis se dirigea vers sa chambre. Dana ne bougeait pas. Il la regarda tendrement avant de l'embrasser puis de la réveiller.

— Dar? Quelque chose ne va pas?

— C'est très compliqué... Je ne peux pas t'expliquer pour le moment. Dès que j'ai un moment, je reviens à la maison et nous en parlons. Je risque de m'absenter un jour ou deux. Pat est mort.

— Pat? Oh non!

— Si, chérie. Il a été assassiné par Gabriel Dickenson ou par Ehrwin. Il faut que j'aille à Los Angeles plusieurs jours. C'est là qu'on a retrouvé son corps. Je veux que tu fasses attention à toi. Si Dickenson frappe à la porte, tu ne lui ouvres pas. C'est compris? Si tu sens qu'il y a un problème, appelle Loretta ou José, tu peux avoir confiance en eux. N'écoute pas les ragots à mon sujet. Je reviens vite, mon amour. O.K.?

— Oui. Je n'aime pas beaucoup la tournure que prennent les événements.

— Moi non plus, mais malheureusement on n'a pas le

choix. Ne t'inquiète pas, je m'en sortirai. Tu es là, non? Je dois passer voir Maggie avant de partir. J'ai besoin de son aide. Tu pourras me joindre chez elle jusqu'à 10 h environ.

Il l'embrassa longuement, la serra dans ses bras, puis quitta la chambre d'un pas pressé.

❊ ❊ ❊

Le lundi 11 décembre 1995, 19 h 30.

— Allô! Madame Darwin Kern?

— Oui. Qui est à l'appareil?

— Le commandant Gabriel Dickenson.

— Que puis-je pour vous?

— Rien, madame, j'en suis désolé. J'ai une mauvaise nouvelle, j'en ai bien peur.

— Que se passe-t-il? Dar est suspecté de quelque chose?

— Non, madame. Si Dar a fait quoi que ce soit, nous ne le saurons jamais.

— Je ne comprends pas le sens de votre appel, monsieur. Que voulez-vous dire?

— La voiture de votre mari vient d'être retrouvée. Son coéquipier Tim Woodhouse et lui-même ont été brûlés vifs, madame. Darwin est mort. Je suis vraiment désolé.

Dana lâcha le combiné. Elle tremblait. Ce n'était pas possible. Pas Dar. NON!

Elle s'effondra. Sa tête heurta violemment la table basse en verre.

Troisième partie

L'ÂME EFFEUILLÉE

– 7 –

Vatican, le 12 décembre 1995, 5 h 30.

Ehrwin se réveilla et se prépara en hâte. Il quitta ses appartements pour se rendre porte Sainte-Anne. Le père David, âgé de quatre-vingts ans, célébrait la messe la plus matinale, pour les miséreux et les mystiques.

Ehrwin s'installa en retrait dans l'église. La messe durait une heure. Il regardait attentivement le père David. Revêtu de sa soutane, il tenait dans sa main droite une croix d'environ un mètre. Il était le serviteur absolu de Dieu, le réceptacle des plus incroyables secrets et l'instrument de Dieu, dans sa quête infinie contre le mal. Le père David était le confesseur attitré des cardinaux de la curie; ceux qui vivaient avec le pape et qui régissaient mille et une affaires, plus secrètes les unes que les autres.

Mais si Ehrwin était présent ce matin, à la messe célébrée par le père David, ce n'était pas pour aller se confesser à lui. Non. Le père avait un autre talent; il était l'exorciste du Vatican. Celui qui décelait le mal dans un regard, une âme ou un corps. La possession n'avait pas de secret pour lui. Ehrwin voulait être sûr qu'il n'était pas lui-même la proie du Malin.

La messe finie, Ehrwin se leva, se signa et s'approcha du père David. Le vieil homme le dévisagea longuement. Ehrwin observait ce regard. Il y lisait une sagesse infinie et un pardon sans limites. Cependant, ses yeux qui continuaient de pénétrer en lui ne trahissaient ni émotion ni peur ou inquiétude. Ehrwin savait que le prêtre n'avait pas trouvé trace d'une quelconque diablerie. Le vieil exorciste n'avait pas lâché un seul instant son «sceptre» qui semblait lui transmettre toute sa puissance, toute son énergie.

Une œillade complice s'échangea entre les deux prêtres. Ehrwin le laissa à ses tâches et regagna ses appartements. Il se rendit ensuite auprès de son ami, le cardinal de Florencis.

– Je suis ravi de te savoir à nouveau parmi nous. Toutefois, je dois t'avouer que je suis très surpris de te voir ici si tôt. Il y a quelques jours tu me parlais de janvier, et te voilà déjà. Nous ne sommes que le 12 décembre, n'est-ce pas? Y a-t-il quelque chose que je n'aurais pas compris?

– Non, Votre Éminence.

– Oh! Éminence! Voilà bien longtemps que tu ne m'as pas appelé Éminence. Quel message se glisse dans de tels propos? Tu as besoin de moi? Aurais-tu peur de m'avouer un terrible secret ou aurais-tu plutôt peur de toi?

– C'est plutôt ça, oui. J'essaie de refréner des images de mon passé depuis plus de vingt-quatre heures, mais je n'en peux plus.

– Alors, pourquoi continuer de les retenir? Tu n'as aucune raison d'en être effrayé. Comment veux-tu exorciser cette peur si tu n'essaies pas de déloger ces images de la partie subconsciente de ton esprit, dans laquelle tu les confines?

– Je ne peux pas, monseigneur. Je ne peux pas. C'est ancré au plus profond de moi. Je n'ai pas le droit de laisser sortir ça.

– Qu'as-tu donc fait de si horrible? Non, Ehrwin, je ne crois pas qu'il y ait une once de mal en toi. Je pense plutôt que tu as été victime d'un méfait. Tu as eu peur, peut-être même honte, et tu ne veux pas ressentir ce sentiment une nouvelle fois. En effet, tu n'envisages pas de raison valable qui te pousserait à éprouver cette peur ou cette honte, de nouveau. Pourtant, je peux t'assurer que si tu laissais libre cours à tes pensées, tu ne serais plus le même. Il faut libérer ton âme, Ehrwin. Tu l'as emprisonnée depuis de trop longues années, maintenant. Tu en souffres en silence, certes. Comment feras-tu pour contrôler ces images du passé, jour et nuit? Tu ne pourras pas, Ehrwin. C'est impossible et tu le sais. Libère-toi! Je suis là, je t'écoute. Veux-tu te confier en confession? Pour que ces mots restent, à tout jamais, entre toi, moi et Dieu? Il n'y aura pas d'autres témoins. Mais de grâce: ne gâche pas ta vie pour de vieilles histoires. Surtout si tu n'en es pas responsable.

Ehrwin avait écouté son ami avec attention. Lorenzo-Lukas avait raison, il ne pourrait retenir ses pensées éternellement. Mais les images qui avaient effleuré sa conscience le traumatisaient. Il était assuré de ne pas sortir indemne de cette confession.

Lorenzo-Lukas le regardait attentivement. Il le voyait réfléchir et se torturer.

— Viens près de moi.

Le cardinal était assis dans son fauteuil. Ils étaient dans la pièce principale de ses quartiers. Une superbe salle d'environ soixante mètres carrés, dans laquelle de magnifiques livres étaient soigneusement rangés dans de hautes et larges bibliothèques. Un bureau Louis XV meublait l'extrême droite, diverses tentures de velours rehaussaient l'ensemble et conféraient une certaine chaleur à l'atmosphère plutôt aérée. Ehrwin s'avança vers son ami et s'agenouilla devant lui.

— Je t'écoute, mon enfant.

Ehrwin, avec un brin de terreur, libéra son esprit. Il relâcha sa concentration et repensa vivement à la scène qu'il avait vécue quelques heures auparavant. Il revoyait clairement le corps de ce jeune homme de seize ans, recouvert de sang.

— Il... Il était sur un lit comme moi. Il y avait du sang, une corde, des blessures. Du sang... Du sang... Du sang... Il m'a transmis le sida! finit-il par exorciser.

Sa voix avait déraillé sur le dernier mot, suraiguë.

— Calme-toi, Ehrwin. Prends ton temps. Je sais que les idées se bousculent en toi, mais il faut essayer d'y mettre de l'ordre. Explique-moi ce qui s'est passé.

Ehrwin essuya une larme, presque machinalement. Son œil gauche pleurait tout seul, sans qu'il puisse le contrôler. Il n'avait pas envie de pleurer, pourtant son œil continuait de larmoyer.

— Le 7 novembre 1985, j'avais quinze ans. J'habitais Paris avec ma mère, mon beau-père et mon frère. Ce soir-là, je suis allé me coucher vers 10 h 30. Mon frère aussi. Seuls ma mère et Yann sont restés dans le salon. Je me suis réveillé brusquement parce qu'une corde enserrait mes mains. J'étais ligoté, mais je ne savais pas si je rêvais ou si c'était la réalité. J'ai entendu des voix, des cris et un coup de feu. Je pense que c'est Yann qui a été blessé, puisqu'il a hurlé. Ma mère devait connaître celui qui avait tiré car elle lui a demandé ce qu'il fabriquait. Il y a eu plein de bruits encore, mais plus aucune parole.

Je me souviens d'un certain laps de temps avant qu'il ne se produise autre chose. Il... Il est entré dans ma chambre.

Sa gorge était serrée et il avalait difficilement sa salive. Ehrwin commença à buter sur les mots. Sa voix s'assombrit, toutefois il ne s'interrompit pas.

— Il a retiré les couvertures et m'a masqué les yeux d'un foulard. Il... m'a badigeonné le corps de sang. Sans doute celui de ma mère ou celui de Yann, mon beau-père.

Un tressaillement dans sa voix et une larme de sang s'échappant de son œil gauche attestèrent du moment douloureux qu'il mentionnait.

— Sperme Idéal, Danse Anale. Il répétait ça sans cesse. Je me suis demandé pourquoi et puis j'ai compris

que la première lettre de chaque mot en formait un autre:
SIDA!

Ehrwin défit lentement le haut de sa soutane. Il retira le t-shirt qu'il portait en dessous, révélant un corps imberbe. Le pourtour de ses seins avait été entaillé. D'autres cicatrices sur le buste et le dos étaient encore visibles, malgré les nombreuses années écoulées.

— Il m'a tranché le corps avec une lame de rasoir, à de multiples reprises, sur le torse et dans le dos. Et il a appliqué ses poignets, eux-mêmes entaillés, sur mes blessures. Il voulait me transmettre sa maladie. Me donner ce qui habitait son corps et son âme.

Ehrwin ne put retenir de lourds sanglots, la tête baissée et les bras laissés à l'abandon sur ses jambes repliées, le torse nu.

Le cardinal prit le visage du jeune prêtre entre ses mains et essuya ses larmes.

— Tu as souffert, mon jeune ami. Mais, aujourd'hui, tu es libre.

Ehrwin remua la tête, pour lui signifier le contraire. Le cardinal fronça les sourcils.

— Il m'a... violé, réussit-il à dire au milieu de violents sanglots.

Ehrwin était dans un état pitoyable. Il se mordait la main gauche et s'était recroquevillé sur lui-même. Le cardinal resta impassible.

— Il a mis le feu, puis il est parti. Du moins, c'est ce que je crois. J'ai voulu mourir à ce moment-là. J'aurais préféré purifier mon corps dans les flammes. Mais j'ai appris plus tard que les pompiers m'avaient trouvé sur le lit, recouvert de sang et inconscient. J'ai été lavé, soigné. Les tests, des années plus tard, ont confirmé ma séropositivité. La maladie ne s'est jamais déclarée. Pourtant, elle est en moi. Je ne voulais pas y penser, sans doute pour ne pas me rappeler cette scène. Je n'ai jamais connu l'identité de celui qui avait tué mes parents et qui m'avait violé ainsi. À l'hôpital, ils m'ont dit que Dar avait été retrouvé dans le salon. Il était évanoui, nu et mal en point, lui aussi. Je leur ai demandé s'il avait été violé lui aussi et ils m'ont affirmé le contraire.

Ehrwin était dans un état second. Il se sentait misérable, bien que libéré d'un immense poids qu'on avait soutiré à son cœur.

– J'ai peur, monseigneur.

Ehrwin avait posé la tête sur les genoux de l'Éminence. Ce dernier avait passé la main dans ses cheveux avant de le relever et de lui faire signe de se recouvrir.

– Peur de découvrir que le tueur n'est nul autre que Dar. Qu'il m'a violé à l'époque et tué nos parents.

– Pourquoi aurait-il fait une chose pareille?

– Il est peut-être malade ou bien agit-il sous l'emprise d'une autre personnalité... Je ne sais pas. Je suis effrayé, c'est tout. Parce que je l'aime. C'est mon frère, monseigneur. Mon frère jumeau...

* * *

– Sam? Tu viens avec moi. Ils n'ont touché à rien, encore. Ils voulaient qu'on voit ça de nous-mêmes.

– J'arrive!

Phil ramassa le dossier dans lequel le rapport d'autopsie lui permettrait d'en savoir un peu plus sur Erick et Al. Ils descendirent ensemble et partirent avec la voiture de Phil. Ils prirent la Freeway 5. L'accident de voiture de Dar et de Tim avait eu lieu entre San Diego et Los Angeles. Ils n'avaient pas réussi à y croire. Cela semblait si ridicule, si incroyable.

– Tiens, tu peux me lire ce qu'il y a dans le dossier, s'il te plaît?

Sam prit la chemise qui se trouvait sur la banquette arrière et sortit quelques feuillets.

– Lis-moi tout ce qui concerne le sperme de l'agresseur, lui réclama Phil.

– Il est séropositif, sida déclaré, de groupe sanguin O+. Ça correspond à ce que nous savons déjà. Il n'a pas touché le corps d'Al. Il l'a simplement vidé de son sang. Il n'y a aucune contusion sur son corps qui correspondrait à d'éventuelles tortures. Il a reçu un coup très violent sur la nuque, puis a été égorgé. Erick, lui, a été coupé avec une lame de rasoir trente et une fois. Certaines blessures sont très superficielles, d'autres beaucoup plus profondes. Surtout celles sur le torse, plus particulièrement autour des seins. L'agresseur a mêlé son sang à celui d'Erick, sans doute pour être certain de lui transmettre sa maladie.

Sam suspendit sa lecture. Ils venaient d'arriver sur les lieux de l'accident. La voiture de Dar était bien là, complètement brûlée. On ne reconnaissait que la carcasse, couleur cramoisi. La voiture avait sans doute effectué plusieurs tonneaux, avant de se stabiliser en bas d'une petite colline. La portière du passager s'était volatilisée, probablement réduite en bouillie par la force de l'impact. Les voitures des policiers, pompiers et des ambulanciers étaient déjà là. Ils attendaient l'arrivée du S.D.P.D.

Phil prit la sortie suivante sur l'autoroute et rejoignit les effectifs, déjà installés. Il descendit de sa voiture et se dirigea vers celle accidentée. Il demanda des explications au sergent chargé de l'affaire.

– On pense que le sergent Kern a perdu le contrôle du véhicule. Ils ont effectué une bonne quinzaine de tonneaux, en même temps que le véhicule a pris feu. Ils sont morts carbonisés, lui assura le sergent Hoffman.

Phil avança vers le véhicule mortuaire. Tim avait tenté de se dégager, mais il était mort avant de pouvoir sortir complètement de la voiture. Dar était à la place du conducteur. Phil eut un haut-le-cœur, tant l'odeur était nauséabonde. La vision n'était guère plus sympathique. Les corps étaient méconnaissables, totalement brûlés.

— Quand a eu lieu l'accident?

— Il y a trois heures, environ. Ils ont été bloqués dans ce tombeau enflammé. L'officier Timothy Woodhouse a essayé de quitter la voiture, mais il devait déjà être trop brûlé pour pouvoir s'en extirper. Je suis désolé, les gars. Ne vous inquiétez pas, je m'occupe de tout.

Phil et Sam repartirent.

— Laissons-les s'occuper de ça, reprit Phil. Je dois vérifier deux ou trois choses. J'aimerais, de ton côté, que tu ailles me chercher le frère de Dar. Je dois éclaircir certains points avant de pouvoir clore cette affaire. Il est prêtre à l'Immaculée Conception. On repasse au bureau et tu y vas ce soir.

— O.K., pas de problème.

❖ ❖ ❖

Il fallait absolument qu'Il sorte. Parce qu'il était nécessaire qu'Il sache. Il ne pouvait y croire. C'était impossible. Il ne s'agissait sûrement que d'un coup monté, d'une tactique pour L'empêcher de continuer. Afin que Darwin puisse tranquillement faire ses recherches et éviter d'autres meurtres. Peu importe, Il pourrait continuer de tuer. Avec ou sans Darwin. Avec, c'était mieux, mais sans, cela ne L'arrêterait pas. Oh non!

Pour le moment, sortir pour savoir était Sa principale préoccupation. Visiblement, quelqu'un protégeait Darwin et brouillait les données. Ce quelqu'un ne pouvait être qu'un médium. Il en avait déjà tué un, la dernière fois. Il devait aller voir la femme. Elle, elle saurait.

Il se concentra brièvement. Il était à l'extérieur. La liberté, le bien-être à nouveau. Il adorait ces moments, entièrement à Lui. Il faudrait qu'Il veille à sortir plus souvent maintenant. Oui, plus souvent. Peut-être même un peu tous les jours. Non, pas le jour. Tous les soirs, alors. Toutes les nuits. Oui, c'était bien ça. Toutes les nuits comme celle-ci. Il se concentra. Il fallait qu'Il trouve où elle habitait. Il focalisa sur la scène qui s'était déroulée quelques jours auparavant, durant laquelle Il avait failli capturer son esprit. Il n'avait réussi qu'à détruire l'homme. Parce qu'elle était plus puissante. Elle pouvait se déplacer dans l'univers avec son âme. Il l'avait senti. Alors, si ce soir encore elle faisait un «voyage», Il pourrait sentir où elle se trouvait, physiquement. Il s'abandonna complètement, en ne pensant plus qu'à elle.

Il la trouva. Elle était là, avec Lui. Il resterait indécelable. Il ne désirait pas qu'elle devine une présence pendant qu'elle «voyageait». Il se concentra davantage sur l'enveloppe physique de cette âme qu'Il sentait tout proche. Il savait qu'elle n'était pas très loin.

Il s'arrêta devant une maison. C'était là, Il en était certain. Elle était toujours en «voyage», elle ne L'avait pas senti. Il fit le tour de la demeure. Toutes les fenêtres étaient fermées. Qu'importe, Il entrerait par la porte.

Il tourna la poignée; la serrure n'était pas verrouillée. Il pouvait entrer sans difficulté. Sans bruit, Il avança dans le couloir. Il s'immobilisa. Elle était là, face à Lui, dans le salon. Son prénom s'imprégna dans Son esprit. Elle s'appelait Maggie.

Au moment précis où Il devina ce prénom, elle ouvrit les yeux. Elle avait cessé sa concentration et son «voyage». Il la fixa.

— Bonjour, Maggie.

Il tentait de lire en elle. Dar était mort, Il le percevait. C'était très clair. Elle n'était pas au courant.

— Je ne peux pas vous aider dans votre quête.

— Je vois ça, petite Maggie. Je vois ça.

La tension était très forte dans la pièce. Maggie sentait le mal en Lui. Il pourrait même vouloir la tuer.

— Oui, Maggie te tuer pour être sûr que tu ne protèges pas mon cher Dar! Que tu n'as pas travaillé de sorte que Je ne puisse lire en toi. Te tuer Me permettrait de dégager le terrain et d'être réellement certain qu'il n'est plus des nôtres.

Tandis qu'Il parlait, Il avançait vers elle. Il sortit une lame fine et lui trancha la gorge avant qu'elle n'ait eu le temps de bouger. Son corps s'affaissa.

— Maintenant, J'ai ma réponse! Merci, petite Maggie.

Sam, à peine arrivé au poste, repartit immédiatement vers la vieille ville. L'Immaculée Conception était sur San Diego Avenue. Il souriait à l'idée d'entrer dans une église. Il ne se souvenait pas y avoir jamais mis les pieds. Les curés et les pudibonderies n'étaient vraiment pas son fait.

Erick Wins, le jeune mutilé, avait dit qu'il avait vu le prêtre. Qu'il lui avait confié que l'assassin était son frère. Une histoire complètement dingue qui n'avait aucun sens. Et aujourd'hui, Dar qui était mort... Il faudrait l'apprendre au prêtre, s'il ne le savait déjà!

Il s'arrêta devant l'église. 21 h 30. Il trouverait sans doute le prêtre assez facilement. Il entra donc dans le lieu de prières et avança vers le centre. Il y avait un prêtre, occupé à ranger divers objets de culte.

— Excusez-moi, euh... Mon père?

— Frère. Que puis-je pour vous?

— Voilà, je suis l'officier Samuel Franklin. Je travaille dans l'équipe du sergent Darwin Kern. Le frère, comment dit-on? le frère de frère Ehrwin Kern?

— Non, Ehrwin Kern est père.

— Ah! Eh bien! pourrais-je lui parler?

— Je suis désolé, mais ce n'est pas possible pour le moment. Mais peut-être puis-je vous aider?

— J'ai besoin de parler au père Kern.

— Il vous faudra aller au Vatican, alors. Père Ehrwin est actuellement à Rome pour achever sa thèse.

— À Rome?

— Oui, en Italie. Vous savez, le Vatican? dit-il sarcastiquement.

— Euh! oui. Je vois... Je peux avoir un numéro de téléphone où le joindre?

— Je vais essayer de vous le trouver. Ne bougez pas, je reviens.

— Merci.

Sam regardait autour de lui. Il n'était pas très à l'aise dans cette enceinte. On se croyait presque coupé du monde. L'ambiance froide et étrange le gênait un peu. La bâtisse n'était pourtant pas très vieille. Il lut sur une plaque d'une des colonnes qu'elle avait été érigée en 1868. Un terrible incendie, en 1872, avait retardé d'autant sa construction. Elle n'avait été achevée qu'en 1919.

— Tenez, officier.

Le frère lui tendait un papier, sur lequel un numéro avait été inscrit avec les indicatifs nécessaires pour joindre l'Italie.

— Merci. Merci beaucoup.

— Je vous en prie. Quelque chose d'important est arrivé?

— Le frère de... Euh... Darwin Kern est décédé. Je dois prévenir Ehrwin Kern.

— Oh, mon Dieu!

* * *

Ehrwin entra en coup de vent dans les quartiers du cardinal de Florencis.

— Monseigneur? Je voudrais vous emprunter le livre sur... Monseigneur?

Il n'y avait personne dans la pièce. Il fut un peu surpris. Le cardinal ne lui avait rien dit d'une éventuelle absence. Peu importait. Il voulait seulement prendre un livre que le cardinal possédait dans sa collection. Elle regorgeait de trésors cachés. Des livres anciens dans leur édition originale; des manuscrits effacés des mémoires et des registres. Des livres que l'Église avait conservés des siècles durant. Un véritable enchantement... Si chaque cardinal possédait une telle collection, alors le Vatican était une incroyable banque de données.

Ehrwin se dirigea vers la bibliothèque, dans laquelle

il savait pouvoir trouver l'ouvrage dont il avait besoin. Il mit la main sur le livre sans trop de difficulté, mais son regard fut attiré par le meuble lui-même. Il semblait que la partie droite ait été déplacée. Cela lui parut totalement incongru, néanmoins il dut se rendre à l'évidence lorsqu'il l'observa de près. Il vit qu'il s'agissait en fait d'un panneau de la bibliothèque qui coulissait et qui n'avait pas été correctement remis en place. Il s'apprêta à le refermer, puis s'interrogea sur ce que pouvait bien cacher la bibliothèque.

Non. Il n'était pas dans ses appartements, cela ne le regardait pas. Et si jamais le cardinal avait des ennuis? Sans réfléchir davantage, il fit coulisser le panneau, révélant un passage secret. Ehrwin était partagé. Où donc cela pouvait-il conduire? Était-ce un raccourci pour atteindre une extrémité du Vatican ou, peut-être, les sous-sols?

Il pesa le pour et le contre et se décida finalement à s'aventurer dans le passage. De Florencis cachait-il quelque chose ici? Ehrwin avait aiguisé sa curiosité avec toutes ces suppositions. Il s'avança d'un pas décidé.

Quelques mètres plus loin, le couloir menait à un escalier. Il descendit les marches en colimaçon pendant environ dix bonnes minutes. Il n'avançait pas très vite et crut que cela ne finirait jamais. Des torches flambaient, tous les quinze mètres. La visibilité était correcte, sans être exagérée. Les escaliers cessèrent enfin. Ensuite, un long couloir se présenta à lui. Ehrwin souriait, il se croyait revenu en enfance. Lorsque, partant à l'aventure, l'on découvrait des chemins secrets ou de quelconques cabanes abandonnées. Que pourrait-il bien trouver en de tels lieux? Il était au Vatican, pas dans une forêt! Il n'y aurait ni dragon ni sorcière... Était-il sous Saint-Pierre ou sous la cité du Vatican? Et où allait-il aboutir?

Le couloir devint sinueux. Il déboucha dans un boyau un peu plus large. Il pouvait prendre à gauche ou à droite. Il lui semblait entendre une voix, au loin, ou plutôt un écho. Il continua sans faire le moindre bruit, vers la source de cette voix qui venait de la droite. Après deux coudes, il se trouva confronté à un embranchement. Deux couloirs s'offraient désormais à lui. Lequel choisir?

Il opta pour celui de gauche. Un peu plus loin, il se trouva nez à nez avec une porte. Il posa l'oreille délicatement contre celle-ci. Il y avait du mouvement et plusieurs voix, en fait. Impossible de continuer. Il n'arrivait pas à entendre ce qui se disait, ni à discerner à qui appartenaient ces voix. Il rebroussa chemin et prit cette fois le couloir de droite. Celui-ci remontait un peu. Il se rendit compte que, plus loin, il y avait des bouches d'aération sur le bas du mur gauche. Il se mit à quatre pattes. Il pouvait voir au travers et entendre parfaitement les voix des occupants. Il y avait une immense pièce, au milieu de laquelle trônait une large table en chêne massif. Douze cardinaux étaient présents, dont le camerlingue, le préfet de la Maison pontificale et le pape lui-même. Une sorte de concile devait avoir lieu. Probablement un concile secret, car ils ne se trouvaient pas dans la salle Bologna. De Florencis était bien là, lui aussi.

Il était debout alors que les autres étaient assis et il parlait.

– ... mis tous mes espoirs en lui, mais ça ne sera pas possible. J'ai été très déçu d'apprendre qu'il n'était pas pur. J'ai toujours compté sur lui. On ne vérifie jamais assez. J'aurais dû me renseigner sur son passé. Il a été violé et contaminé par le virus du sida. Vous comprenez bien que je ne peux donc le lui demander. Il a des rêves érotiques. Des rêves de pédé. Il fait l'amour avec des hommes dans ses rêves! Que voulez-vous? Je croyais qu'il s'agissait d'une libido qu'il réussirait à contrôler. En fait, il s'agit d'un désir refoulé. Ehrwin est homosexuel. Il est bien le seul à ne pas vouloir se l'avouer. Il faut le faire repartir pour les États-Unis et le laisser prêtre. Nous ne pouvons accepter Ehrwin comme évêque, Votre Sainteté.

— Comment pensez-vous le lui expliquer, mon cher Lorenzo? demanda le pape.

— Eh bien! je trouverai un moyen. Je lui dirai que... pour le moment vos encycliques vous accaparent et qu'il n'y aura pas de nouvelle nomination d'évêque.

Ehrwin retenait ses larmes pour ne pas faire de bruit. Le seul ami qu'il ait jamais eu le trahissait effrontément. Il bafouait sa confiance, son être et sa conscience. Il aurait voulu tuer de Florencis. Cet être était pourri jusqu'à la moelle.

— Et que voulais-tu faire exactement avec Ehrwin Kern? demanda le camerlingue.

— Je voulais qu'il soit notre nouvel archange. Nous avons pleinement réussi notre opération de 1976. Il est à présent nécessaire d'en lancer une nouvelle.

— Que veux-tu dire? demanda l'un des cardinaux. Le sida ne serait donc plus la recette idéale?

Ehrwin tressaillit à ces mots. Que signifiaient de telles paroles? Étaient-ce des cardinaux qui s'exprimaient ainsi? Ceux du Vatican? Ceux qui dirigeaient la religion catholique?

— Bien sûr. Depuis que nous avons créé et inoculé le sida à quelques patients, il a parfaitement rempli son contrat. Nous avons décimé la population homosexuelle et elle continuera encore à perdre des effectifs. Mais, soyons clairs... J'ai rencontré, il y a cinq mois de cela, le Professeur Henry Fitzgerald. Il m'avait alors confirmé que le vaccin du sida était bel et bien prêt. Que l'éradication de la maladie était inévitable. Qu'il ferait tout son possible pour que les enjeux politico-économiques permettent de gagner encore du temps et donc, pour nous, d'obtenir plus de morts. Néanmoins, il m'avait dit qu'il ne pourrait plus contenir le moyen de guérison encore très longtemps. Il a réussi à le dissimuler et à l'empêcher d'être vendu depuis 1993. Nous avons différé l'éradication de la maladie d'au moins trois années. Estimons-nous heureux...

Ehrwin eut un haut-le-cœur. Il ne pouvait ni bouger ni hurler sa haine. Il croyait revivre un nouveau viol.

— Il est impératif que nous lancions, dès aujourd'hui, ce qui sera la relève du sida. Nous avons découvert des formes gémellaires de la maladie, bien plus irrémédiables. Bien plus rapides, aussi. Les malades atteints n'auront plus que quelques semaines à vivre, une fois la maladie déclarée. L'incubation sera beaucoup plus courte et nous pourrons ainsi détruire toute cette population futile, perverse. Nous allons reformer des rangs parfaits. Une idéologie sans faille avec des couples heureux, fidèles que nous pourrons contrôler. Il nous faut impérativement reprendre le contrôle de la démographie mondiale et récupérer de nombreux effectifs. C'est à nous d'agir en conséquence. Notre retour aura été long, le catholicisme aura souffert, mais je vous assure que cela n'aura pas été en vain.

Les cardinaux applaudirent à ces mots. Le pape souriait, visiblement satisfait de la bonne nouvelle.

— J'avais espéré qu'Ehrwin serait notre nouvel archange, c'est vrai. Qu'il aurait volontiers inoculé cette nouvelle maladie dans ce cher monde. Mais voilà qu'il s'est entiché des malades du sida, et pour cause!

— Et pourquoi, Lorenzo-Lukas, ne pas lui inoculer notre nouvelle maladie? suggéra le président de la congrégation des évêques.

— J'y ai bien songé, depuis hier. N'oublions pas, toutefois, qu'il est prêtre. Comment pourrait-il transmettre la maladie, si ce n'est en le poussant aux plaisirs de la chair avec un homme. Eh oui! après tout, pourquoi pas? Ainsi, la population de pédales qui recouvre ce monde serait pratiquement éradiquée, elle aussi! Ce n'est pas une mauvaise idée, Giovanni.

Il fallait qu'il parte. Ehrwin ne pouvait tenir plus longtemps. Il fallait qu'il quitte ces lieux. Qu'il quitte Rome au plus vite. Une phrase du Saint-Père, dans laquelle il qualifiait l'homosexualité de permissivité aliénante du monde moderne, lui revint en mémoire. Il voulait rentrer. Ses larmes coulèrent abondamment, tandis qu'il tentait de se relever sans bruit. Il refit le chemin en sens inverse.

Il remit le panneau de la bibliothèque comme il l'avait trouvé, reposa le livre à sa place et retourna dans ses appartements.

Au moment où il posait la main sur la poignée de sa porte, on l'interpella.

— Ehrwin?

Son sang se glaça.

— Oui? dit-il en se retournant vers la voix.

C'était le directeur de la salle de presse.

— Je vous cherchais. Un policier de San Diego a appelé, tout à l'heure. Je ne vous ai pas trouvé. Il faudrait le rappeler, maintenant. Je crois que c'est important.

— Merci, père Nannuzzi.

Ehrwin prit le numéro de téléphone et s'engouffra dans sa chambre. Il se précipita sur sa valise et ses affaires qu'il ne prit pas la peine de plier. Il fit tout tenir tant bien que mal, récupéra les documents de sa thèse et s'éclipsa le plus discrètement possible. Il ne devait surtout rencontrer personne.

Il sortit de la chambre. Il croisa deux gardes suisses, puis accéléra le pas. Si quelqu'un voulait lui parler, il ne répondrait pas.

— Ehrwin? Ehrwin?

On l'interpellait, mais ce n'était pas la voix de de Florencis. Il désirait s'enfuir de ce lieu maudit et malsain.

– 8 –

– Allô, oui?

– Officier Samuel Franklin?

– Lui-même!

– Bonjour. Le père Kern, à l'appareil.

– Ehrwin Kern?

– Oui, c'est ça. Je suis en Italie. On m'a informé de votre appel.

– J'ai besoin de vous, ici. Il faut que vous rentriez au plus vite, mon père.

– Quelque chose de grave?

– Je le crains, mon père. Nous avons besoin de vous interroger au sujet du meurtre d'Alan Coven et de l'agression d'Erick Wins. Ce dernier vous aurait identifié, suite à une visite que vous auriez effectuée sur les lieux du crime, avant l'arrivée du S.D.P.D.

– Je vois.

– Il y a autre chose. Le sergent Darwin Kern est... décédé.

– Pardon?

– Dans un accident de voiture. Je suis désolé...

Sam marqua un temps d'arrêt. Ehrwin ne disait rien.

– Quand puis-je compter sur votre présence?

– Je suis à l'aéroport. Je comptais rentrer. Je serai là ce soir. Enfin, ce soir pour moi. J'arriverai à San Diego à 23 h, heure locale, le 16 décembre.

– Parfait. L'enterrement est prévu pour le 17, à 10 h 30. C'est le père Trevors qui officiera, je crois.

– Très bien. Je serai là.

Ehrwin raccrocha. Il ne croyait pas un mot de ce qu'il venait d'entendre. Dar n'était pas mort, pour la seule et bonne raison qu'il ne le ressentait pas. Ehrwin, malgré les diverses séparations qu'il connut au cours de sa vie, vivait toujours en fonction du bien-être de son frère. Il se souvenait que lorsqu'ils étaient enfants, personne ne pouvait les dissocier. Pas même leur mère. Elle en avait été un peu jalouse, d'ailleurs. Ils étaient parfaitement identiques. En tous points, âme comprise. Et s'il y avait deux corps, ils étaient conscients, l'un et l'autre, qu'il n'y avait qu'une âme. Ehrwin savait que Dar le croyait coupable et vice-versa.

L'âme s'était légèrement divisée, depuis le viol de 1985. Ehrwin en avait fragmenté une partie pour qu'elle ne soit qu'à lui. Parce qu'il ne voulait pas, par amour pour son frère, qu'il ressente le calvaire et les douleurs qu'il avait vécus durant cette nuit du 7 novembre 1985.

Aujourd'hui, c'était peut-être Dar qui avait divisé son âme pour recréer inconsciemment cette partie qu'Ehrwin lui avait masquée. Il n'avait, vraisemblablement, pas su gérer la chose et devait avoir développé une deuxième personnalité dont il ne soupçonnait même pas l'existence.

Dar mort? Non. Ça, il en était certain. Son frère était vivant. Il pouvait mentir à qui il voulait, mais pas à son jumeau. Dar avait manigancé un plan pour arrêter l'assassin. Pour mettre sous les verrous celui qu'il croyait être l'assassin. Et il faisait forcément fausse route, parce que Dar pensait que son jumeau était le meurtrier. Il devrait donc jouer habilement pour que Dar comprenne son innocence et sa propre culpabilité. Ehrwin fit enregistrer sa valise et se dirigea vers la salle d'embarquement. Il serait bientôt de retour. L'avion décollait dans dix minutes. Il pouvait même monter dans l'appareil, dès maintenant. Ce qu'il fit.

Ehrwin avançait lentement, presque au ralenti. Il ne pouvait rien révéler de la supercherie. Ni aux flics, ni à Dana. L'officier Franklin lui avait dit qu'il l'interrogerait après la cérémonie funéraire. Il faudrait faire en sorte que cet interrogatoire n'ait pas lieu. Aucun des policiers ne devait connaître le plan de Dar ni même Dana, d'ailleurs. Et elle devait probablement penser que Dar avait raison de croire qu'Ehrwin était le meurtrier. Dana avait toujours beaucoup aimé Ehrwin, mais, aujourd'hui, les données étaient totalement différentes. Dar était mort et à ses yeux, rien ne devait plus compter. Ce serait trop long de tout lui expliquer. Trop compliqué aussi et trop dangereux peut-être.

Tout le monde était là; les familles et tout le gratin de la police. On enterrait trois corps: Patrick Erickson, Darwin Kern et Timothy Woodhouse. Ehrwin savait qu'un seul des trois enterrements avait lieu d'être.

Il avança jusqu'à la foule, mais resta à l'écart. Il vit Dana et les enfants. Dar avait fait une grossière erreur. Il lui faudrait leur expliquer que tout ça n'avait été qu'un jeu. Et si Dar était bel et bien l'assassin, Ehrwin devrait ensuite révéler le pourquoi de son arrestation à Dana et aux enfants. Ce ne serait pas facile. Dana le lui reprocherait, très certainement. C'était une situation délicate, mais c'était ainsi. Il n'avait pas le choix.

Le père Trevors avait commencé depuis un bon moment son oraison funèbre. Ehrwin était arrivé en retard, pour ne pas avoir à croiser Dana ou un quelconque flic. Il ne connaissait pas toutes les personnes présentes. Sans doute de la famille d'Erickson et de Woodhouse. Il reconnut le commandant du S.D.P.D., Gabriel Dickenson. Il était accompagné de sa femme, visiblement très émue. Il vit aussi l'officier Franklin qui le regardait et qui le salua. Il avait pourtant veillé jusqu'ici à ne pas se faire remarquer. Désormais, il serait difficile de faire faux bond aux flics.

Et puis soudain, Mary Dickenson se mit à rire. Doucement au début. Elle tentait de contrôler un incroyable fou rire qu'elle avait du mal à retenir. L'envie était si grande que, finalement, elle rit à gorge déployée. Elle avança vers le cercueil de Pat.

— Nous savons tous qu'il n'y a qu'un coupable, n'est-ce pas madame Kern? Tout le monde sait que votre mari et Pat n'étaient de véritables handicaps que pour un seul homme. Qui a donc pu tuer votre mari et notre ami de toujours, hein, qui?

Mary avait vite abandonné les larmes. Elle était dans une colère noire. Elle parlait d'une voix forte et agressive et elle gesticulait dans tous les sens. Son mari se rapprochait lentement d'elle, mais elle s'en était aperçu.

— Si tu approches encore, je me jette dans l'une de ces fosses et tu ne m'empêcheras pas de parler. Je me suis tue durant de trop longues années, tu entends? À gober tous tes mensonges, tous tes dires...

Voyant la réaction de sa femme, Gabriel Dickenson recula. Il fit signe à plusieurs officiers de mettre un terme rapide à ce terrible esclandre. Il fallait empêcher Mary de vociférer davantage, elle risquait d'éveiller les soupçons.

— Tu ne pourras pas effacer le passé, Gabriel. Je sais que tu as tué ce pauvre Pat. Vous m'entendez, madame Kern? C'est lui qui a tué votre mari et son coéquipier. Vous m'enten...

Une main vint s'abattre sur sa bouche. Elle hurlait et se débattait comme une véritable houri, promise à l'enfer.

Ehrwin saisit l'occasion pour s'éclipser discrètement. Le vent de panique qui régnait maintenant lui facilita la tâche.

❊ ❊ ❊

Paris, le dimanche 17 décembre 1995, 11 h.

Il voulait revoir les lieux. Il prit le métro et descendit à la station Bourse. Il suivit la rue Vivienne qui menait dans la rue des Petits Champs. Il passa devant la Bibliothèque nationale et admira la beauté du bâtiment. Il repensa aux nombreuses fois où il avait emprunté ce chemin pour rentrer à la maison. Il se sentait bien à Paris, malgré les terribles souvenirs que la ville lumière ravivait en lui. Il s'arrêta quelques instants devant le 42 de la rue des Petits Champs. L'immeuble était sensiblement le même. Pourtant, lui se souvenait que l'un des appartements du troisième avait été transformé dix ans plus tôt.

Il aimait l'atmosphère parisienne. Ses rues, ses théâtres. Paris était une très belle ville. Parfois, elle lui manquait. Il y pensait, de temps à autre. Il quitta la rue dans laquelle il se trouvait et se dirigea vers le commissariat. Il avait besoin des autopsies des corps de Yann et d'Ombeline.

— Bonjour. Pourrais-je parler au commissaire? réussit-il à dire avec un accent fort prononcé.

Il n'avait pas parlé français depuis des siècles!

— Le commissaire n'est pas là le dimanche. Je peux vous renseigner?

Darwin sortit sa plaque du S.D.P.D. et lui expliqua qu'il était nécessaire, pour une enquête en cours, qu'il consulte le dossier d'un couple assassiné en 1985.

— Oh! Mais on ne garde pas les papiers, ici. Il faut vous rendre à cette adresse.

L'officier avait griffonné quelques pattes de mouche sur un papier. Dar réussit, tant bien que mal, à les déchiffrer et se rendit à l'adresse donnée.

Il exposa une nouvelle fois sa démarche, mais il semblait que, le dimanche, personne ne voulait s'occuper de quoi que ce soit.

— Darwin Kern?

— Oui.

— In-croy-a-ble! Ludovic Loncourt. Tu te souviens de moi? On était ensemble en cinquième et en quatrième.

— Oui. Comment vas-tu?

— Bien. Mais, dis-moi, à ton accent je devine que ça fait longtemps que tu n'es pas venu en France. Je me trompe?

— Non, je viens juste d'arriver. C'est formidable que tu sois là. Tu vas pouvoir m'aider. Après, on déjeunera ensemble.

— O.K.! De quoi as-tu besoin?

— Je suis flic comme toi, mais à San Diego. Il faudrait que j'examine, pour mon enquête, le dossier de Yann Mascarot et d'Ombeline Kern, s'il te plaît. Tu crois pouvoir me trouver ça?

— Ce sont tes parents, non?

— Oui.

— Bon. Attends-moi ici, je vais essayer de te dénicher ça rapidement.

Ludovic Loncourt s'absenta pratiquement une heure avant de revenir triomphant dans la salle où Darwin l'attendait.

— Tiens! Ça n'a pas été évident, mais j'ai réussi.

— Je peux le garder?

— Non, désolé. Il faut que je le ramène dans une heure. Essaie de trouver les informations que tu cherches. Ensuite, j'irai rendre le dossier et je t'emmène manger.

— Merci, Ludo.

— En souvenir du bon vieux temps! Je te dois bien ça!

Dar s'installa dans un coin et éplucha le dossier, attentivement. Une information retint tout particulièrement son attention. Ombeline Kern était séropositive. Il tourna les pages pour découvrir si Yann l'était aussi.

Séronégatif. Yann n'avait donc pu transmettre la maladie à sa mère. C'était elle qui l'avait contractée, auparavant. Avec un amant précédent ou peut-être plus tôt encore. Le meurtre avait eu lieu en 1985. L'apparition du sida devait remonter à cette époque. Il fallait qu'il se renseigne de manière précise; cela pouvait déboucher sur une piste. Il déchira la page concernant Ombeline et la cacha dans sa veste. Il alla rapporter le dossier à Ludovic.

– Alors, on va déjeuner?

❅ ❅ ❅

Ehrwin suivait l'autoroute qui menait à Los Angeles. Il était passé se changer rapidement, avant que la police ne découvre son subterfuge. Cela faisait bien longtemps qu'il n'avait porté de pareils habits. Il avait une chemise unie, un jeans et un blouson. À présent, il pouvait être Darwin. Tout le monde se méprendrait.

La route qui menait de San Diego à Los Angeles était agréable et rapide, bien qu'il ne roulât pas trop vite. Plus qu'une petite heure et il serait à bon port. Il savait que Sam Franklin le chercherait ardemment et que ses supérieurs mettraient toute la pression nécessaire pour qu'on le trouve. Il était conscient, aussi, qu'en agissant de la sorte il se plaçait dans une situation équivoque et incriminable. Cependant, il se devait de le faire.

Il arriva dans la ville et, sans hésiter un seul instant, se dirigea vers l'unique lieu qui l'intéressait. Un seul désir animait sa conduite. Un seul désir le guidait. Il ferait tout ce qui était en son pouvoir pour aider son frère. Son amour pour lui était teinté d'une certaine crainte à ce jour, mais certainement pas de dégoût. Il gara la voiture à quelques rues du poste de police. Il sortit, se recoiffa un peu et s'avança d'un pas décidé vers l'immeuble. Puis, il se ravisa soudainement. Il ne pouvait venir voir Gemini, pour la simple et bonne raison que tous les agents de police pensaient le sergent Darwin Kern décédé. Il n'avait pas pensé à cela, en venant à Los Angeles. Il fit demi-tour brusquement et se heurta au sergent Hoffman.

– Dar? Qu'est-ce que tu fais, ici. Si quelqu'un te voit, ils sauront que tu n'es pas mort.

Ce flic était donc dans la combine avec Dar.

– Je sais, mais je désirais te parler. Il faut absolument que je vois Gemini.

– Là, tout de suite? Je croyais que tu devais aller à Paris.

À Paris? Qu'est-ce que Dar était allé faire à Paris?

– C'est vrai, improvisa Ehrwin, mais je dois discuter d'une chose avec Gemini, afin d'en être tout à fait certain.

– Bon, je vais m'arranger pour te faire entrer dans les sous-sols sans qu'on t'aperçoive.

– Merci, John.

Le prénom de ce flic lui était venu naturellement. Parce qu'il était Darwin Kern depuis un quart d'heure déjà. Il s'était concentré longuement au volant de sa voiture. Il n'était plus maître de son corps. C'était l'esprit de Dar qui le faisait bouger, désormais. Il suivait donc ce que «l'instinct» lui commandait de faire. Et, à première vue, cela fonctionnait. Le sergent Hoffman l'introduisit dans les locaux sans trop de difficulté.

– Ton double est au bout du couloir, à gauche, lorsqu'on arrive de ce côté-là.

La formule était étrange, elle fit sourire Ehrwin. S'il savait au moins de quoi il parlait! Un double n'était pas qu'un mot que l'on prononçait comme ça, en l'air, histoire de prétendre qu'on avait compris quelque chose à la relation gémellaire. Gemini pouvait avoir fait tous les efforts qu'il voulait, il n'était et ne serait jamais le double de Dar. Tout au plus un adversaire de sa trempe, mais certainement pas un double. Dar n'avait qu'un double, il se nommait Ehrwin.

Il découvrit la cellule du criminel. Une cellule normale avec des livres en plus. Ehrwin avait demandé les clefs de la cellule de Gemini à John qui avait paru surpris de cette demande. Cependant, Ehrwin pensait qu'il était nécessaire d'être proche du grand criminel.

Ehrwin ouvrit la porte grillagée, puis entra. Gemini le regardait, sans réellement croire ce que ses yeux voyaient.

— Et que me vaut l'honneur? Te savoir près de moi risque de déclencher une profusion de sentiments. Et de réactions...

Gemini observait sa braguette, afin d'appuyer sa dernière phrase. Il ne semblait pas voir en Darwin un allié. Ehrwin se demanda si Gemini et Dar étaient de connivence. À moins que le Dar-tueur n'entrât en relation avec Gemini uniquement par la pensée. Dar lui avait dit que Gemini avait une sorte de don. Qu'il avait travaillé la concentration et que certaines personnes pouvaient ainsi lire dans l'esprit des autres. Comme des jumeaux le faisaient naturellement entre eux, sans nécessité aucune de concentration. Mais de quoi était donc capable Gemini? Allait-il comprendre qu'il n'avait pas affaire à Dar, mais à son jumeau?

— Oh! Il y a des sentiments troubles en toi, mon petit Da... Non. Tu n'es pas Darwin. Tu es le prêtre. Oui, c'est bien ça. Et tu es entré ici en te faisant passer pour ton jumeau. Tu croyais pouvoir me confondre? Mais je n'ai rien en commun avec ces pauvres gens qui ne regardent que l'apparence des choses ou des êtres, mon jeune père. Je ne vais pas t'apprendre, à toi, qu'il y a d'autres manières de percevoir, n'est-ce pas? La nature vous a dotés d'un lien étroit, ton frère et toi.

À ces mots, Gemini posa délicatement la main sur la cuisse d'Ehrwin. Un frisson la parcourut. La sensation était fascinante, mais il n'éprouvait aucun désir pour cet homme. Avec toute la sensualité retenue d'un prêtre,

Ehrwin prit la main de Gemini, tout en la caressant.

— Ton statut d'homme ne suffit pas, trésor! lança Ehrwin à l'encontre du meurtrier.

Gemini fut ébaubi par la subtilité d'Ehrwin. Il mesurait l'étendue de la force de ce prêtre. Ehrwin possédait l'intelligence de son frère. Il ne fallait donc sous-estimer ni l'un ni l'autre. Ehrwin avait relâché sa main.

— Faut-il y voir un désir divin? renchérit Gemini, se demandant encore dans quel sens Ehrwin avait employé le terme «homme».

— S'il avait eu un aspect physique encore palpable, alors je n'aurais sans doute pas négligé d'y goûter...

— Tu ne t'es pas gêné dans tes rêves, si je ne m'abuse, rétorqua Gemini.

— Ils restent ce qu'ils sont, des rêves. Les mêmes qui te permettent de vivre les «heureux» moments où mon frère t'emmène avec lui, dans ses déplacements nocturnes.

Gemini hésita un moment. Ehrwin avait touché une corde sensible. Il était visiblement perturbé par ce qu'il venait de lui dire.

— Je sais qui tue! ajouta Ehrwin.

Il n'avait rien à perdre. Il se doutait que Gemini ne tomberait pas dans le panneau, mais il fallait essayer.

— Ah, oui?

Il était toujours déstabilisé. Ehrwin pourrait essayer de trouver ce qui permettrait à Gemini de le croire. L'élément qui lui conférerait toute sa crédibilité et qui ferait basculer Gemini de son côté. Il fallait l'amener à la confession. Ça, l'Église avait su le lui inculquer. Église damnée, dirigée par ces pourritures de cardinaux qui avaient la fierté dans la peau, l'horreur dans les gênes et le vice dans l'âme. Il ne réalisait pas combien ce qu'il venait d'apprendre était capital. Combien, s'il en apportait les preuves, il pourrait exorciser l'Église d'un mal ancré dans ses propres racines. Comment avaient-ils pu mettre au point une maladie mortelle pour obtenir gain de cause? Comment le pape, lui-même, pouvait-il condamner à notre époque l'avortement, l'homosexualité ou la prévention en matière de sexualité? Comment et pourquoi, si ce n'était pour servir un dessein diabolique.

— Croyais-tu qu'il pourrait rester caché dans l'ombre, continua Ehrwin en abandonnant le fil de ses pensées, alors que toi-même me parles du pouvoir des jumeaux? Le croyais-tu vraiment? Un jumeau ne peut se cacher derrière aucun artifice.

Ehrwin se leva. Il désirait une victoire totale. Et pour ça, il ne fallait pas laisser le temps à Gemini de répondre. Il reviendrait plus tard, pour lui asséner le coup fatal.

Se retournant vers Gemini, il conclut:

— Oui, tu l'as cru. Parce qu'il t'a laissé convoiter de belles choses. Tu m'étonnes, trésor... Il se sert de toi comme d'un vulgaire pantin! Et rien d'autre.

Ehrwin, libéré, sortit promptement. Il trouverait un hôtel et reviendrait le lendemain à la même heure. Il regarda sa montre: 15 h 15.

* * *

Dar venait de quitter Ludovic. Il avait tout juste le temps d'aller récupérer ses affaires à l'hôtel et de rejoindre l'aéroport. Son avion pour San Francisco décollait à 18 h.

Arrivé à *Roissy-Charles-de-Gaulle*, il n'eut que quelques minutes pour enregistrer sa petite valise et se retrouver assis à sa place, tandis que l'avion décollait. Il serait à San Francisco dans neuf heures environ, ce qui lui laissait largement le loisir de dormir. Il gambergeait mille et une suppositions, depuis la révélation sur sa mère. Et si Ombeline avait contracté la maladie avant de donner naissance aux jumeaux? Était-ce seulement possible? Ils étaient nés en 1970 et le sida n'existait pas à cette époque.

N'existait pas ou n'était pas encore connu officielle-ment? Il fallait qu'il vérifie tout ça, au plus vite. Si Ombeline était séropositive en 1970, alors les jumeaux l'étaient, eux aussi. Ce qui expliquerait qu'Ehrwin soit infecté. Il mangea sans faim ce qu'on lui apportait et dé-cida de s'assoupir un peu.

Ce fut l'atterrissage qui le réveilla. Il récupéra son bagage et loua une voiture. Il se rendit directement à San Rafaël, qui se trouvait à 16 kilomètres au nord de Sausalito. Il trouva une chambre au *Colonial Motel* et s'y installa. San Rafaël était la petite ville où Ombeline avait donné naissance aux jumeaux. Son enquête s'éclaircirait sûrement grâce aux actes de naissance et, avec un peu de chance, au médecin qui avait suivi Ombeline tout au long de sa grossesse.

Il se doucha et alla dîner. Il ne tarda pas parce qu'il savait que la journée du lendemain serait chargée. Il de-manda à être réveillé de bonne heure, pensant qu'il va-lait mieux prendre ses précautions. Il prit un léger cal-mant et s'endormit.

Le lendemain matin, il se prépara tranquillement, mangea copieusement. Il paya la chambre, quitta l'hôtel et se rendit, sans plus attendre, à la clinique. Il trouva ai-sément la salle des archives, où une charmante jeune femme écouta Darwin avec attention. Elle lui tendit un formulaire à remplir et lui indiqua que sa demande ne devrait poser aucun problème.

Dar inscrivit la date: lundi 18 décembre 1995, 8 h 45. Il ajouta son nom, celui de sa mère, puis formula sa re-quête en quelques mots. La jeune femme lut la fiche et s'absenta une dizaine de minutes avant de revenir avec le dossier. Dar prit la pochette et s'assit à une table. Elle le regardait attentivement. Dar lui sourit. Elle rougit lé-gèrement en lui rendant son sourire. Elle avait des yeux pétillant de fraîcheur et d'espièglerie. Dar quitta les doux yeux de la jeune femme pour se plonger dans les feuillets.

Il les parcourut avec une attention toute particulière, car les tous premiers mots le firent frémir d'effroi.

3 juin 1970.
La grossesse trigémellaire de la patiente ne présente aucune anomalie. Les embryons ont normalement évolué pour atteindre le stade fœtal. Toutes les annexes fœtales (amnios, allantoïde et chorion) permettent de conclure que la grossesse est en parfaite évolution.

Dar releva la tête. Il avait presque les larmes aux yeux.

– Je peux vous poser une question?

– Oui, bien sûr.

La jeune infirmière vit le trouble qui s'était installé dans le regard de Dar.

– Que signifie une grossesse trigémellaire?

– Eh bien! que la patiente donnera naissance à des triplés.

– Merci.

Des triplés? Mais Ombeline ne leur avait jamais dit qu'elle avait perdu un des enfants à la naissance. Peut-être pour ne pas les déstabiliser? Il continua sa lecture plus avant.

Août 1970.
La grossesse est intéressante à bien des égards. Particulièrement en ce qui concerne l'évolution et la proche naissance des jumeaux. Ombeline Kern possède une double grossesse. D'une part, elle présente un échantillon monozygote et d'autre part, deux ovules ont été fécondés séparément.

Dar interrompit sa lecture et regarda le nom du docteur qui avait suivi sa mère: Dr Henry Curry.

— Est-ce que le docteur Curry pratique toujours ici?

— Oui. Vous le trouverez au troisième.

— Je prends le dossier avec moi. Je vous le ramènerai tout à l'heure.

Dar prit l'ascenseur et trouva facilement le bureau du docteur. Il frappa.

— Oui?

— Dr Curry?

— Oui? Je suis le docteur Curry. Que puis-je pour vous?

— Sergent Kern. Je viens de consulter un dossier et j'ai besoin de vos lumières.

— Eh bien! dites-moi de quoi il retourne.

— J'ai besoin de précision en ce qui concerne les jumeaux.

— Les jumeaux? Vous m'avez dit vous appeler Kern, n'est-ce pas? Quel âge avez-vous? Vingt-cinq ans?

— Oui.

— Vous ne seriez pas l'un des jumeaux d'Ombeline Kern, par hasard?

— Si.

— Eh bien! ça par exemple! Un Kern...

— On ne peut pas dire que vous manquiez de mémoire...

— Oh! si vous saviez! Non, franchement, je ne dois pas ça à ma mémoire. Mais un cas comme votre mère, on en rencontre une fois dans toute une carrière, et encore... J'ai eu cette chance pratiquement au début de la mienne.

— Pourriez-vous m'en parler?

— Votre mère...

— ...est décédée, il y a dix ans.

— J'en suis navré, vraiment. Votre mère attendait des triplés. Ce qui était fascinant, ce n'était pas tant ce fait —

bien que des triplés ne soient pas monnaie courante — mais plutôt qu'elle ait eu une double grossesse.

– Pourriez-vous m'expliquer clairement ce que ça signifie?

– Je vais vous parler en termes médicaux, tout en tâchant d'être le plus clair possible, car je suppose que vous n'entendez rien à la médecine. Bon. Il existe différents types de grossesse lorsqu'on parle de jumeaux. Il y a ce qu'on appelle, tout d'abord, les monozygotes. Dans un tel cas, un seul spermatozoïde féconde un seul ovule, qui se scinde ensuite en deux et ce, après la fécondation. Les jumeaux ont alors le même patrimoine génétique, ils sont donc forcément du même sexe. Ce qui était le cas pour deux d'entre vous. Votre mère vous a nommés Darwin et Ehrwin, ce sont des prénoms que l'on n'oublie pas non plus.

– Je suis Darwin.

– Un de vos frères est une parfaite réplique de vous-même...

– Un des mes frères?

– Oui. Morwin, lui, n'est pas un monozygote comme vous. Laissez-moi vous expliquer...

Le vieil homme se leva et lui désigna des schémas sur le mur de droite.

– Il existe trois autres types de jumeaux, continuat-il, les dizygotes, les dispermatiques et ceux nés de pères différents. Les monozygotes ont 100 % de gènes en commun, les dizygotes n'en ont que 50. Ce sont deux ovules qui sont simultanément pondus et qui sont donc fécondés par deux spermatozoïdes. On les appelle les faux jumeaux. Ils peuvent être de sexe identique ou bien frère et sœur. Les dispermatiques, eux, sont entre les deux. Ils ont 75 % de gènes en commun. C'est l'ovule qui se scinde en deux avant la fécondation. Chaque ovule est alors fécondé par deux spermatozoïdes distincts. Ils peuvent donc être de sexes différents.

Le docteur marqua une pause dans son exposé, avant de poursuivre:

— En fait, on n'a aucune preuve, pour le moment, de l'existence de ce type de jumeaux. Enfin, le dernier cas — celui qui concerne Morwin — n'a pas de nom. On dit que ce sont des jumeaux nés de pères différents. Deux ovules sont fécondés par deux géniteurs différents lors de coïts rapprochés dans le temps. Les jumeaux ont alors le capital génétique de demi-frères. Ils n'ont que 25 % de gènes en commun. Ce qui veut dire que votre mère a eu une relation sexuelle avec deux hommes, cette fois-là. De l'un des pères, un spermatozoïde a fécondé un ovule qui s'est ensuite scindé en deux. De l'autre père, un spermatozoïde a fécondé un ovule. Ce qui a donné, au total, trois embryons. Trois garçons. Darwin/Ehrwin d'une part et Morwin d'autre part. Votre mère ne vous en a jamais parlé?

— Non. Nous n'avions que quinze ans lorsqu'elle est morte. Morwin n'est pas mort-né?

— Nous avons eu peur, durant l'accouchement. Mais tout le monde en est sorti indemne. Pourquoi me demandez-vous ça?

— Je n'ai aucun souvenir de Morwin. Je ne le connais pas.

— C'est bizarre... Je me rappelle avoir suivi votre mère durant sept ou huit ans, je crois. Et vous étiez bien là, tous les trois.

— Je ne m'en souviens pas.

Dar avait l'air abattu. Que signifiait tout ça?

— Ma mère avait-elle le sida?

— Le sida? Comment voulez-vous que je le sache? Nous étions en 1970. Les tests n'existaient pas. La maladie non plus, d'ailleurs. Même si de récentes recherches ont permis de découvrir qu'un jeune homme de seize ans, Robert Rayford, est mort d'un cancer de type Kaposi en 1969, à Saint-Louis. On dit aussi qu'un Haïtien serait mort à New York, en 1959, avec tous les signes cliniques de la maladie... Cependant, tout cela est à prendre avec précaution.

— L'autre homme qui a couché avec ma mère, a-t-il reconnu Morwin?

— Non. C'est votre père qui vous a reconnus tous les trois.

Comment avait-il pu oublier jusqu'à l'existence d'un autre jumeau? Comment était-ce possible? Soudain, il pensa à Ehrwin.

Ehrwin était en danger. L'AUTRE s'appelait Morwin et non Ehrwin. Pris de panique, Dar s'excusa et sortit en trombe du bureau. Ehrwin était en danger de mort.

* * *

Le lundi 18 décembre 1995, 15 h 15.

Gemini était assis. Alors qu'il lisait *L'Empereur-Dieu de Dune* de Frank Herbert, il entendit les portes au loin qui s'ouvraient. On venait lui rendre visite. Il vit un prêtre s'arrêter devant sa cellule. Il regarda le visage caché sous son capuce.

— Ça n'est plus très utile, tout cet attirail. Ton prêtre de frère est venu me rendre visite hier. Il semble au courant de ton existence.

— Pauvre imbécile! Tu n'es donc plus capable de te rendre compte lorsque quelqu'un bluffe? Où sont donc passées toutes les notions que je t'ai apprises?

— Tais-toi, Morwin! Je te rappelle que tout ton plan ne valait rien, sans moi. Tu te sers peut-être de moi, mais autant que je me sers de toi.

— C'est ce qui fait notre force, non?

— Sûrement, oui. Pourtant, je ne veux pas de ton condescendant entre nous. Tu me respectes comme je te respecte et tout ira pour le mieux, dans le meilleur des mondes.

— Oublions ça, Gemini. Il s'agit de ne pas faire de faux pas.

— En ai-je jamais fait?

— Je préférerais que tu évites de trop jouer. Tu vas finir par te perdre et te méprendre...

— N'est-ce pas touchant? fit une voix derrière Morwin. Ainsi donc Dar, tu viens rendre visite à Gemini, déguisé en prêtre! Morwin ne se retourna pas. Il comprit qu'Ehrwin venait d'arriver par l'autre extrémité du couloir et qu'il pensait parler à Dar. Morwin remonta son capuchon au maximum et tourna le dos au nouveau venu. Il allait falloir être vigilant et calculateur. Il n'y avait que deux issues: celle par laquelle il était arrivé et celle de laquelle Ehrwin avait surgi. Avant même qu'il n'échafaude un plan pour sortir de la prison sans qu'Ehrwin ne le poursuive, ils entendirent du bruit. On venait. Quelqu'un d'autre. Et, cette fois, par l'entrée principale du couloir. Morwin se retourna légèrement. Il vit qu'Ehrwin regardait dans la même direction que lui. C'était Darwin qui se précipitait vers eux!

— Darwin? articula Ehrwin. Tu n'es donc pas là? dit-il en tentant de dévisager l'homme qui était déguisé en prêtre, devant lui.

Ses jambes fléchirent. Qui était donc celui qui parlait avec Gemini lorsqu'il était arrivé?

— Je sais qui tu es, Morwin... furent les seuls mots prononcés par Dar.

Morwin se jeta sur Ehrwin qui perdit l'équilibre et fonça à vive allure en direction de la sortie de secours.

– 9 –

Le lundi 18 décembre 1995, 18 h.
Dans les locaux du L.A.P.D.

Darwin observait le visage de Morwin au travers du miroir sans tain. Il était seul, pour le moment. Morwin aussi, de son côté, dans la salle d'interrogatoire. Son visage, malgré l'explication du docteur à la clinique de San Rafaël et les seuls 25 % en commun qu'il possédait avec ses deux frères, ressemblait énormément à celui des jumeaux. Même taille, même poids. Dar décelait des éléments différents dans le visage lui-même. Mais seul un œil expert pouvait s'en apercevoir.

Le sergent Hoffman se trouvait au bout de l'issue de secours. Il avait empêché Morwin de s'échapper. Le chahut qui avait suivi dans les sous-sols avait alerté des gardes qui étaient venus leur prêter main-forte. Ehrwin s'était à demi évanoui mais à présent, il allait mieux. C'était lui qui conduirait l'interrogatoire. Morwin ne voulait parler à personne d'autre. Le sergent Hoffman fit irruption dans la petite pièce attenante à la salle d'interrogatoire où il savait pouvoir trouver Dar.

— Je voulais te remercier pour les corps; pour t'être chargé de tout organiser, dit Dar en lui serrant chaleureusement la main. Tout le monde y a cru, à première vue. Et lorsque le L.A.P.D. va annoncer que c'est moi qui ai résolu cette affaire, «Grille d'égout» ne va pas être très heureux.

— Tu as intérêt à le surveiller de près. Je ne voudrais pas qu'il t'arrive un accident. Tu as vu comment ça a fini avec Pat, alors méfie-toi. D'ailleurs, j'ai eu du nouveau depuis ton départ à l'étranger. Les corps que j'ai utilisés pour simuler ta mort et celle de Tim n'ont pas été difficiles à trouver. J'ai pris ceux des deux hommes qu'on a retrouvés morts, la même nuit que Pat. Tu te souviens? Je t'en avais déjà touché mot.

— Oui. Quel est le rapport?

— Eh bien! figure-toi que ces deux hommes ont été tués avec le Magnum de Pat. Il y a mieux... On a retrouvé quelques jours plus tard, le corps d'un jeune de neuf ou dix ans. Lui aussi a été assassiné avec le 357 de Pat.

— Quoi? Tu en es certain?

— Absolument, Dar. Il n'y a aucun doute possible.

— Alors, ça voudrait dire que cet enfant de salaud a tué Pat, deux hommes, un gamin et sans doute Colby.

— On a mené une petite enquête. Les deux hommes dirigeaient une affaire de pédophilie. Le p'tit môme devait être promis à satisfaire de vieilles ordures.

— Dans le genre de Gabriel Dickenson! Voilà le secret de cette enflure. Pat a dû le surprendre avec le môme. Il a peut-être tué lui-même les deux hommes, mais «Grille d'égout» a eu le dessus, d'une manière ou d'une autre. Il a descendu Pat et le gamin pour ne pas laisser de preuves, ni de traces. J'aurai sa peau, Pat, je te le promets. À ta mémoire, lança Dar, les yeux levés vers le ciel.

Hoffman et Dar virent Ehrwin entrer dans la salle d'interrogatoire, s'asseoir à l'autre extrémité de la table, laissant intentionnellement un large espace entre lui et l'assassin. Morwin se leva et vint se placer devant la vitre sans tain. Il était face à Dar et le regardait droit dans les yeux. Dar frissonna; il savait que Morwin n'était pas en mesure de le voir. Pourtant, cette attitude ne pouvait être le fruit du hasard. Morwin était capable de percevoir au-delà d'une simple vision.

— Je te sens, Dar. Tu es là. Je te sens comme un jumeau peut te percevoir. J'ai cet avantage sur toi. Tu n'as jamais su que tu avais deux jumeaux. Ton cerveau m'a effacé de ta mémoire. Oui. Désormais, c'est moi qui choisis de t'effacer de la mienne. Je parlerai à Ehrwin parce que je le lui dois. Car je vis avec lui, en lui. Dans ses rêves, dans ses tourments. Je ferai abstraction de ta présence, sans pour autant tout dévoiler. Pas ici, en tout cas.

Il retourna s'asseoir.

– Regarde-moi, Ehrwin. Je t'en prie...

Ehrwin leva la tête et affronta son tourment. Il était beau. Un reflet de lui-même avec quelque chose de sauvage et de troublant en plus. Il le fixa d'un regard dur et froid.

– Je t'en prie, Ehr. C'est pour toi que j'ai fait tout ça. Je t'aime... plus que tout au monde. Plus que mon âme.

– Pourquoi as-tu tué? Je ne t'ai jamais rien demandé.

– Je me suis allié à Gemini parce qu'il avait créé l'intemporalité zodiacale. La réunion des douze maisons astrologiques en une seule âme, un seul être. Il me permettait ainsi d'obtenir ce dont j'avais besoin: la possibilité de fondre nos âmes en une seule. Détruire la trinité des triplés pour créer une unique gémellité. Rejoindre votre âme à tous les deux... Les monozygotes que vous êtes ont deux corps, mais ils n'ont qu'une âme. Je suis un corps et une âme nés dans la même matrice que vous, mais je n'ai pas eu la chance d'être un monozygote. Il me fallait recréer la matrice dont j'avais été la victime! Et l'unique moyen était d'utiliser ce que Gemini avait engendré. En réunissant nos âmes, je bannissais notre matrice originelle qui ne me permettait pas d'avoir une âme identique à la vôtre et je créais un nouveau schéma dans lequel nous étions bien trois corps, mais avec une seule âme. En tuant Dar, j'aurais pu réduire le diagramme à deux corps pour une âme: Ehrwin et Morwin ne feraient alors plus qu'un, comme vous le faites à présent, Dar et toi.

J'aurais pu rejoindre ainsi ton âme, pour ne plus exister que par toi. Tu comprends?

Morwin avait les yeux rougis par les larmes qui montaient alors qu'il parlait.

— Je t'aime, Ehrwin. Je suis toi. Une ombre, un reflet qui s'est égaré, affolé, apeuré. Les autres meurtres étaient pour te rappeler ce qui s'est passé en 1985. Parce que je pensais qu'ainsi ta mémoire reviendrait et que tu accepterais l'union de nos deux corps, de nos deux âmes.

— En me rappelant mon viol? En m'apprenant que le violeur n'était autre que toi? Toi dont je ne soupçonnais même pas l'existence. J'ai cru que c'était Dar qui m'avait violé. Tu réalises ça? Tu as créé la dispersion de notre âme!

Ehrwin s'arrêta. Il vit que Morwin semblait profondément anéanti par ses paroles.

— Pourquoi m'as-tu violé? Cela n'a pas de sens, puisque tu prétends m'aimer depuis toujours et avoir désiré réunir nos âmes. Tu pensais qu'un acte de violence t'aiderait dans ton but déraisonné ou croyais-tu violer Dar?

Morwin ne répondit pas aux questions. Il expliqua plutôt les faits du 7 novembre 1985.

— Vous vous êtes installés en France en 1980. Nous n'avions que dix ans. Moi, je suis resté aux États-Unis, à San Francisco. Personne ne s'est soucié de ce que je suis devenu. Ni vous, ni notre mère. Je n'ai pas compris pourquoi. Petit à petit, l'aigreur s'est installée en moi et puis, la vengeance. Oui, la vengeance. Alors, en 1984, j'ai accepté divers petits boulots pour gagner de l'argent et pouvoir vous rejoindre. Ce que j'ai fait en avril 1985. J'ai vu Ombeline. Toute la culpabilité du passé se lisait sur son visage. Elle m'a exposé qu'avant de quitter les États-Unis en 1980, elle vous a fait suivre, à Dar et à toi, la thérapie d'un psychanalyste en vogue à l'époque, qui mêlait l'hypnotisme et l'autosuggestion. Le tout, afin d'effacer mon existence de votre mémoire. Il faut croire que la technique de ce petit génie était au point et que ça a merveilleusement fonctionné...

Morwin eut un petit rire sarcastique.

— Elle m'a fait comprendre que j'étais indésirable et qu'il valait mieux, pour tout le monde, que je retourne aux États-Unis.

— Je ne peux croire que maman ait fait ça. Pour quelles raisons? Qu'y avait-il, à ton sujet, qu'elle n'aimait pas à ce point?

— La première raison, à mon avis, est que Dan Kern n'était pas mon père.

— Quoi?

— Nous sommes nés de pères différents. Notre chère maman a partouzé comme une folle. Les coïts rapprochés ont permis à un spermatozoïde de votre père et à un du mien de féconder deux ovules. Vous vous êtes ensuite divisés en deux et nous sommes venus tous les trois au monde! Je ne suis pas certain de ce qui s'est réellement passé, cette nuit-là. J'en suis venu, à force de réflexion, à penser que notre mère n'était pas vraiment d'accord pour faire l'amour avec deux hommes. Ça devait être un des desiderata de votre bon vieux père. Et, en ce sens, je devais sans doute lui remémorer cette nuit à laquelle elle ne désirait peut-être plus penser. J'étais un peu le reflet de l'homme avec qui elle avait dû coucher et dont j'étais le «produit».

La deuxième raison n'a pas besoin d'être exposée ici. Toujours est-il que j'ai ruminé ma vengeance. J'ai tout mis au point: j'ai drogué les aliments que vous vous faisiez livrer ce soir-là. J'avais volé une clef à Ombeline, qui avait cru l'avoir perdue. Je suis entré dans l'appartement sans faire de bruit, j'ai ligoté Dar sur son lit, puis toi. Je suis allé dans le salon. Il y avait notre «maman» et son amant. Elle était terrifiée. Je les ai tués, l'un après l'autre. J'ai vidé Yann de son sang et je m'en suis servi pour t'en barbouiller. J'étais devenu fou; je ne contrôlais plus rien. C'était comme si j'agissais sans réellement savoir ce que j'allais faire. Je suis venu dans ta chambre et j'ai voulu tout te donner. Mon corps, mon âme et ma maladie. Je ne voulais pas te faire de mal. Je ne sais pas ce qui s'est passé. Je...

Ehrwin essuya une larme. Les souvenirs douloureux surgissaient à nouveau, de nulle part. Ils seraient forcément longs à cicatriser.

– Je suis désolé, Ehrwin. Je n'étais plus moi-même. Je te le jure. Je ne sais même pas, en fait, pourquoi je suis allé dans ta chambre et non dans celle de Darwin. Je n'ai pas réfléchi. Ça s'est fait comme ça, c'est tout. Après, j'ai compris ce que j'avais fait. Il fallait que je mette le feu; qu'il n'y ait plus aucune trace de ces horreurs, de mon passé. Vous alliez tous périr dans ce feu et moi je repartirais vers une nouvelle vie, aux États-Unis. Le sort en a décidé autrement: Darwin et toi avez réchappé aux flammes. Depuis dix ans, je me bats contre mes propres sentiments: tantôt la haine, tantôt la passion à votre égard. Haine parce que vous me renvoyez les images de mon passé, telle une lame aiguisée dont il n'existe plus rien, pas même dans vos mémoires. Passion, parce que, depuis le viol, je n'ai cessé de t'aimer davantage chaque jour.

– Pourquoi, Morwin? Pourquoi? Qu'y avait-il entre maman et toi qui puisse la pousser à agir de la sorte? Que tu sois le miroir d'une nuit difficile est possible. De là à détruire le fruit de ses entrailles de cette manière...

Morwin baissa les yeux.

– Je ne veux pas qu'ils entendent, dit-il en désignant la vitre sans tain d'un mouvement de la tête. Je te le dirai à toi, uniquement. En confession.

Ehrwin acquiesça, se leva et sortit.

* * *

Dar retrouva son frère dans le couloir. Ils se regardèrent longuement, sans bouger. Le regard perdu, l'un dans l'autre. Ils se parlaient sans prononcer un mot. Ce fut Dar qui, le premier, brisa l'immobilité du moment, en s'avançant vers Ehrwin et en le serrant dans ses bras. Tendrement, éperdument. Comme seuls deux jumeaux savent le faire. Avec une virilité puissante et une fragilité extrême. Un instant unique où leurs deux corps n'étaient plus une barrière. Puis s'opéra une osmose où leur corps s'harmonisaient parfaitement aux yeux de ceux qui les observaient. Dar passa la main dans la chevelure de son frère et l'embrassa sur les lèvres, sans prêter attention aux personnes alentour.

— Je dois retourner à San Diego. Je veux raconter les choses moi-même à Dana et aux enfants. Afin qu'ils comprennent que je n'ai pas joué, mais que je n'avais pas le choix. Je n'aurais pu voyager et découvrir ce que j'ai trouvé en France et à San Francisco si, aux yeux de Dickenson, j'avais été présent. Il aurait probablement cherché à m'éliminer d'une manière ou d'une autre. Je le soupçonne d'être responsable de la mort de Pat.

— Tu n'es pas le seul à le penser.

— Pourquoi dis-tu cela?

— À ton enterrement, la femme de Dickenson a fait un esclandre durant lequel elle accusa son mari d'avoir assassiné Pat.

— Je vois... Enfin, ce ne sera pas facile de faire comprendre ça à Dana: elle risque de m'en vouloir, ce que je comprendrai. Néanmoins, il s'agissait d'une question de vie ou de mort: la tienne ou la mienne, réelle cette fois. Morwin n'aurait pas hésité davantage à m'éliminer, pour pouvoir t'atteindre plus rapidement. Je devenais l'élément perturbateur de son alliance avec ton âme. Je n'avais plus de raison de vivre plus longtemps, à ses yeux. Je crois qu'elle comprendra.

— Bien sûr, même si cela lui prendra un peu de temps.

C'est normal... elle a cru te perdre, Dar. Il faut y aller en douceur. Dana est fragilisée. Pour elle, tu n'es plus de notre monde.

— Je sais, Ehrwin, je sais. Tu ne veux pas venir avec moi? Tu serais d'une grande aide.

— Tu dois comprendre. Je dois savoir pourquoi Morwin a fait tout ça et pourquoi Ombeline a voulu nous le cacher. J'en ai besoin, Dar. Pour diffuser les images qui m'assaillent. Pour détruire ce viol qui est en moi et qui m'empêche de continuer à vivre normalement. Il faut que j'élucide certains faits et que je puisse en parler sainement, ouvertement.

— Je comprends, Ehrwin. Mais tu pourrais venir avec moi et nous reviendrions plus tard.

— Tu ne dois pas attendre pour prévenir ta famille, pas plus que je ne dois attendre pour guérir mon âme, Dar.

— D'accord.

Dar toucha le cœur de son frère de la pointe du doigt.

— Je suis là, tu le sais. Je serai en toi, aussi, lorsqu'il te parlera.

Darwin sortit sans se retourner. Il reprit sa voiture et regagna San Diego à vive allure.

❀ ❀ ❀

Ehrwin entra dans la cellule. Il s'assit sur un petit tabouret. Ils étaient seuls, lui et son frère. Les cellules voisines n'avaient pas d'occupant et le gardien était reparti. Ehrwin jouerait au bon prêtre, sans plus. Il écouterait Morwin se confesser et repartirait. Il avait juste besoin de savoir. Il n'échangerait rien. Parce qu'il ne voulait rien considérer d'autre de «ce» frère que la stricte véracité des propos dont il lui ferait part.

— Je t'écoute, mon fils.

Morwin le regarda intensément. Il avait deviné

qu'Ehrwin se limiterait à son rôle de confesseur. Qu'il était là pour entendre ce que Morwin pourrait lui apprendre de ce passé qu'il ne connaissait pas. De ce passé dont il avait été l'un des acteurs, mais que son esprit avait oublié. Morwin avait un avantage sur ses jumeaux: il était leur mémoire vive.

— Nous vivions tous les trois ensemble, toi, Dar et moi. C'était en 1980, nous avions dix ans. Notre chère mère était avec un homme de passage, un certain Brandon. Il devait être environ minuit. Nous étions couchés, mais je n'arrivais pas à dormir. J'ignore pourquoi je ne vous ai pas réveillés. J'avais faim, alors je me suis levé et je suis allé dans la cuisine. J'ai ouvert le réfrigérateur, j'ai sorti du fromage et du lait sur la table. Je ne pensais pas avoir fait de bruit. Ombeline et Brandon étaient à l'étage, dans leur chambre et la lumière était éteinte.

Ehrwin ne bougeait pas. Il regardait le mur face à lui. Morwin était resté assis sur son lit. Il essayait d'attirer le regard d'Ehrwin, en vain.

— Brandon est arrivé dans la cuisine, il était nu. Son sexe s'est immédiatement durci lorsqu'il m'a vu. J'ai souri. Ça m'amusait de voir ce gros machin, tout droit, tendu. Il m'a demandé si j'aimais ça voir les garçons tout nus. Je lui ai répondu que non, mais que de voir son machin grossir m'amusait. Il m'a soudainement proposé de jouer avec, mais j'étais plutôt réticent. Alors, il s'est mis en colère. Du revers de la main, il a débarrassé la table de la bouteille de lait et du fromage, qui sont tombés. La bouteille a volé en éclats, sans nous blesser ni l'un ni l'autre. Il m'a arraché mon pyjama, m'a mis la main sur la bouche et m'a violé sur la table. Son gros machin ne me faisait plus rire, il me déchirait. Je voulais hurler, appeler maman, lui dire qu'il me faisait mal, très mal.

Ehrwin eut un battement de paupières. Morwin s'agenouilla devant lui.

— J'essayais de lui mordre la main, mais je n'y arrivais pas. Je pleurais toutes les larmes de mon corps. Pourtant, la douleur persistait. Il m'écrasait le visage contre la table. Les miettes de pain éparpillées m'abîmaient le visage et me faisaient horriblement mal. Je réussis toutefois à tourner la tête; c'était au tour de l'autre joue d'être appuyée sur la table. Et là, je vis. Ombeline était là, dans l'entrebâillement de la porte. J'ai vu son visage. J'étais sauvé... Elle allait mettre fin à mon calvaire. Elle avait probablement entendu le fracas de verre et elle était descendue voir ce qui se passait dans la cuisine.

Ehrwin écoutait, mais ne prononça pas un mot. Morwin avait ainsi lui aussi, vécu une partie de son martyre. L'être humain était-il donc si étrange qu'il lui fallait reproduire le mal dont il avait été la victime?

Morwin déglutit lentement. Le souvenir était douloureux, c'était visible. Il n'effaçait pas pour autant le mal qu'il avait lui-même reproduit sur son frère, victime innocente.

Morwin eut un geste très lent. Il posa la tête sur les genoux d'Ehrwin et continua sa quête.

— Le plus dur a été lorsque j'ai compris qu'elle ne dirait rien. Qu'elle resterait derrière la porte. Parce qu'elle avait peur, sans doute. Je ne sais pas. Son regard croisa le mien, implorant. Percevant mes yeux, elle recula derrière la porte afin que je ne la voie plus. Ce fut la plus grande douleur que je ressentis jamais. Elle rendait dérisoire celle du viol. Je ne pouvais supporter cette acceptation passive de ma mère. C'était inhumain, incompréhensible à mes yeux d'enfant.

Il marqua une pause.

— Je me suis menti dans les minutes suivantes. Je me suis convaincu que j'avais inventé son regard pour qu'il m'apporte bien-être et réconfort dans ma solitude et dans ma terrible douleur. Et donc, qu'Ombeline n'avait pas réellement vu cette scène. Mais ce mensonge à moi-même ne servit à rien. Au contraire... Lui a joui tranquillement en moi, puis s'est retiré. Je ne sentais plus rien. Je saignais, tel un animal que l'on égorge. Je suis tombé à terre et il est parti. Elle n'est pas venue. Je suis resté là, sur le marbre froid, en position fœtale tout le reste de la nuit. Vers 5 ou 6 h, un médecin est arrivé. Il m'a couvert et m'a emmené. Je ne vous ai plus jamais revus. Ombeline s'est servie de cette histoire pour se débarrasser de moi, pour effacer toutes ses lâchetés: celle d'avoir accepté de faire l'amour à trois, alors qu'elle n'en avait pas envie; celle de n'avoir rien dit à son amant, alors qu'il me violait. J'ai été placé dans un orphelinat. Vers treize ans, j'ai appris que l'homme qui m'avait violé était celui qu'on appelait le patient zéro de la maladie. Maladie? Quelle maladie? «Je suis malade?» ai-je demandé. «Oui, tu as le sida.» Ce fut là la seule réponse que j'obtins. Après, eh bien! je me suis échappé de l'institut et j'ai survécu dans les rues comme j'ai pu. Jusqu'au moment où j'ai réussi à savoir que vous étiez en France... Alors, je suis venu. Je n'avais pas le choix, tu comprends? Il fallait que je vienne. Que je sache pourquoi. Elle ne m'a rien dit. Elle voulait seulement que je m'en aille. Que je retourne aux États-Unis. Elle m'assurait que tout cela était du passé et que ce n'était pas la peine de faire plus de mal. Que cela n'apporterait rien d'en parler. Que c'était fini et oublié. FINI et OUBLIÉ. Non! ça ne l'était pas. Et si nous en avions parlé, je n'aurais sans doute pas agi de la sorte. Mais je n'ai rien pu contrôler, tu me comprends?

Morwin avait relevé le visage vers son frère. Celui-ci était demeuré impassible, droit et fier comme un prince.

— Non, Morwin, non. Pourquoi n'être pas venu nous trouver, Dar ou moi? Nous aurions pu nous retrouver. Nous n'étions pas au courant de tout ça. Mais, par ton acte, tu as accrédité le fait que tu n'avais rien à faire dans cette matrice qui t'avait donné naissance. Je respecterai ton choix de confession; cela restera entre toi et moi. Mais je ne te donnerai pas l'absolution. Elle appartient à l'Église et je n'en fais plus partie. Je lui rends ce qu'elle m'a volé, je te laisse entre ses mains.

Ehrwin se leva, déposant devant Morwin toujours agenouillé une lame de rasoir. Il sortit, sans prononcer un mot.

ÉPILOGUE

Paris, le 21 décembre 1995, minuit.

Ehrwin marchait sur les Champs-Élysées. Il était habillé simplement, mais chaudement. Un jeans, un t-shirt et une doudoune. Il avait quitté précipitamment les États-Unis. Il avait pourtant reçu un télégramme de de Florencis lui disant qu'il ne comprenait pas son départ précipité de Rome, qu'il voulait lui parler, qu'il avait appris pour son frère jumeau et que le pape voulait le voir. Sa nomination en tant qu'évêque serait prononcée dès son retour au Vatican.

Mais Ehrwin avait besoin de temps. Pour réfléchir, pour faire le point et savoir s'il abandonnerait l'Église ou bien s'il continuerait son ascension. Cette nomination avait de quoi remplir de joie un homme d'Église, mais il ne l'était plus vraiment. Et puis, cela ne correspondait pas à ce qu'il avait entendu lors du concile secret. Était-ce un piège que Lorenzo-Lukas lui tendait?

Ehrwin avait surtout besoin de se connaître. Car quelque chose venait tout juste de ressurgir en lui. Quelque chose qu'il avait toujours considéré comme superflu... Il se dirigea vers le *Queen* et entra. La musique battait son plein. Les corps dansaient et s'enlaçaient. Des regards se concentrèrent sur lui. Il semblait plaire...

Séduire, il fallait séduire. Mais que connaissait-il de la séduction, des rapports amoureux? De l'amour, même? Devait-il réellement savoir, d'ailleurs? Il s'avança sur la piste et se mit à danser, mal à l'aise. Ehrwin désirait libérer son corps sans boire d'alcool, afin de rester très conscient de ses moindres actes. De vivre chacune des étapes, pleinement.

Un jeune homme de vingt ans environ vint tout contre lui et le prit dans ses bras. Il le caressait. Ehrwin était gêné et n'osait faire pareil. Il continua de danser jusqu'à ce que les lèvres du jeune inconnu viennent toucher les siennes. L'image de Dar vint se superposer. Ehrwin l'embrassa à pleine bouche, en s'abandonnant comme il ne l'avait jamais fait.

Maintenant, il savait.

– FIN –

A separation can be a terrifying thing.
Dead Ringers.

À paraître: *L'église exorcisée, Tome 2: Gemini.*

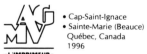 • Cap-Saint-Ignace
• Sainte-Marie (Beauce)
Québec, Canada
1996